Linda Roy

Le Portail du Temps

TOME III

La forêt maléfique

Le Portail du Temps – Tome iii
Dépôts légaux:
Bibliothèque nationale du Québec
Bibliothèque nationale du Canada

Saint-Pie (Québec)
J0H 1W0 Canada
www.leseditionsjka.com

ISBN : 978-2-9809200-3-5
Imprimé au Canada

Tail et Vic avaient réussi sans encombre à libérer leurs amies, Cat et Alexandra, ainsi que les chevaliers Dortibase et Hanabasse que la noire soldatesque de l'affreux Calsalme avait enlevés. Ce dernier était maintenant leur prisonnier et dans la nuit glaciale, ils prirent la direction du château.

À la queue leu leu sur leur cheval, ils arrivaient à peine à se voir, tant le brouillard était épais. Tail cheminait en tête avec Alexandra et son inséparable Curpy assis devant lui ; Cat et Vic les suivaient. À quelque distance d'eux, Calsalme, les poings liés par un solide cordage au cheval de Dortibase, courait au pied de l'animal en essayant de maintenir son allure, tandis qu'Hanabasse fermait la marche. Son sort de prisonnier était enviable en comparaison de ce qu'il avait fait endurer à Dortibase et à Hanabasse.

Les deux chevaliers avaient l'air pitoyables et l'on pouvait constater à leurs mines défaites à quel point leur court séjour dans les geôles de Calsalme fut pénible. Des marques sur leurs visages et leurs corps, qu'on apercevait à travers leurs vêtements déchirés, ne laissaient aucun doute sur les traitements que les hommes de main du barbare Calsalme leur avaient administrés. Ils avaient été torturés, peut-être parce qu'ils ne s'étaient pas laissé corrompre et avaient refusé de se rallier à la cause de Calsalme. Mais Dortibase et Hanabasse avaient toujours été fidèles au roi Dartapie et, aujourd'hui, à sa fille, la princesse Isabella.

En silence, le groupe avançait dans l'obscurité avec une extrême prudence. Chacun se méfiait, car tous savaient très bien que les mystérieux chevaliers noirs de Calsalme n'hésiteraient pas à leur tendre des pièges, non seulement pour récupérer leur chef, mais aussi pour se venger de cet adolescent qui les avait tenus en échec. Il y avait de la revanche dans l'air…

Tail était aussi songeur que ses amis, mais autre chose le préoccupait. Comme si Macmaster était à ses côtés, il se mit à lui parler par la pensée.

— Pourquoi dit-on que je suis l'élu ? Que s'est-il passé de particulier lorsque nous étions là-bas ?

Rien, c'était facile. Même Vic aurait pu délivrer les filles et les deux chevaliers. Je crois que vous vous êtes trompé à mon sujet : il n'y avait aucune magie dans cette aventure. Bien sûr, j'ai eu cette vision et c'est peut-être cela mon seul don. Si maintenant les hommes de Calsalme nous attaquent, comment pourrais-je les protéger? Ils peuvent être des centaines…

Macmaster, qui était au château de la princesse Isabella, avait entendu Tail. Il était assis dans ses appartements près de la cheminée en compagnie de Barnadine, qui avait remarqué son air soucieux. Le sage se rapprocha de lui pour savoir ce qui n'allait pas.

— Qu'y a-t-il, Macmaster? Quelque chose a l'air de te préoccuper.

— Tu as raison Barnadine, c'est Tail qui me chagrine. Il se pose beaucoup trop de questions à son sujet.

— Mais encore? demanda Barnadine, intrigué.

Macmaster lui fit part des questions que Tail se posait, puis ajouta :

— Malheureusement, je sais que quelque chose va leur arriver. Ils ne sont pas prêts de revenir ici,

Barnadine. Et si Tail ne croit pas en lui, il ne pourra pas aider ses amis.

Macmaster tenta à plusieurs reprises de communiquer avec Tail pour lui dire qu'il devait croire en lui-même, mais le jeune homme ne l'entendait pas. Le regard inquiet, il se tourna vers Barnadine :

— J'ai beau essayer, cela ne fonctionne pas, il ne m'entend pas. Il doit avoir confiance en lui, car il est le seul à pouvoir les sauver.

— Mais les sauver de quoi ? Que veux-tu dire ? insista Barnadine, qui à son tour commençait à être inquiet.

Macmaster lui expliqua qu'il n'arrivait pas à voir ce qu'il allait leur arriver. Quelque chose l'en empêchait. C'était comme si ses pouvoirs ne fonctionnaient plus, qu'il était devenu impuissant. Et il ne disposait d'aucun autre moyen pour prévenir Tail. N'arrivant plus à se concentrer, Macmaster, furieux, se leva d'un bond et frappant sur la table, il laissa éclater sa colère :

— Mais que se passe-t-il ?

Barnadine, interloqué, le regardait sans mot dire. Il n'avait jamais vu son ami dans un tel état.

AU MÊME MOMENT, Cat et Vic, eux aussi très inquiets, se demandaient ce qui allait se passer. Comme Tail qui, pensif, avançait en tête, ils se doutaient bien que les chevaliers noirs mijotaient quelque chose de louche et qu'une menace pesait sur eux.

Ils n'eurent guère longtemps à attendre avant que les ennuis ne commencent, mais cette fois les obstacles seraient plus difficiles à franchir, c'était certain.

Dans un silence absolu, les chevaliers noirs se rapprochèrent doucement de Dortibase et d'Hanabasse, qui fermaient le cortège, et sans le moindre bruit, ils leur tranchèrent la gorge.

Vic qui les précédait entendit deux bruits, lui donnant l'impression que quelque chose venait de tomber par terre. Lorsqu'il se retourna et aperçu les chevaliers noirs, armés d'arcs et d'épées qui tentaient de libérer Calsalme, il vit du même coup les deux chevaliers qui gisaient sur le sol, la gorge tranchée. Ils étaient morts.

En moins d'une seconde, il comprit qu'il était le suivant sur la liste et se mit à hurler.

— Ils sont là ! Ils sont là, on va mourir !

Pris de panique, il fouetta son cheval ne sachant plus comment donner de la voix pour le faire galoper. On le voyait agiter ses bras et ses jambes en tous sens, incapable de faire des gestes cohérents.

Son cri fit sursauter Tail, qui se retourna immédiatement pour découvrir que Dortibase et Hanabasse avaient rendu l'âme, tandis que les chevaliers noirs s'affairaient autour de Calsalme pour lui ôter ses cordes afin de le délivrer.

Vic, qui venait de passer devant ses amis en gesticulant comme un pantin, avait complètement perdu la maîtrise de son cheval, qui s'était emballé et partait en furie. Cat ordonna alors à son cheval de le suivre au galop. Tail et Alexandra dans ses bras firent de même.

Ils devaient fuir au plus vite, car après avoir libéré Calsalme, les chevaliers avaient enfourché leur monture et, à bride abattue, s'étaient lancés à leur poursuite. Au souffle de leurs chevaux et au bruit des branchages qui les frappaient, on les entendait se rapprocher de plus en plus vite des quatre amis. La petite Alexandra avait beaucoup de peine à se tenir en équilibre et on l'entendait supplier que Calsalme les laissât partir.

Mais il était hors de question que ce fou de Calsalme se montre magnanime, dès lors qu'il avait Tail à quelques galops de lui ! Il ne pensait qu'à le tuer et, surtout, à reprendre possession du collier afin de recouvrer ses pouvoirs, lui qui savait comment s'en servir.

Après s'être approché d'eux au plus près, Calsalme ordonna à ses chevaliers de les tuer. Des flèches fusèrent alors de toutes parts, tandis que Calsalme fustigeait ses chevaliers en leur hurlant : « Tuez-les ! Tuez-les tous ! »

Du coup, Tail se mit à penser à Macmaster pour retirer tout ce qu'il venait de lui dire :

— Oubliez ce que j'ai dit ! Il n'y a plus rien de facile. Il est temps que vous interveniez, sinon nous allons tous nous faire tuer par ces fous ! Et puis, si je suis l'élu, n'attendez plus, montrez-le-moi maintenant.

Mais personne ne l'entendait. Tail ne comprenait pas qu'il ne pouvait plus rien demander à quiconque, qu'il devait avoir confiance en lui et acquérir ses propres pouvoirs afin d'utiliser ceux du collier. Et les flèches continuaient de s'abattre partout et les chevaliers continuaient de hurler comme des fous. Tail, Alexandra, Cat et Vic avançaient à toute allure, ne sachant plus où ils allaient, tout en évitant de se faire tuer.

Par cette nuit sans lune, ils galopaient à perdre haleine, frôlaient les arbres et avaient l'impression que cela ne finirait jamais. Mais bizarrement, les chevaliers ralentirent et Tail sentit qu'ils se laissaient distancer. Il regarda derrière lui et il vit que les chevaliers s'étaient arrêtés. Un grand sourire moqueur illuminait même leur visage. Tail demanda à Cat de se retourner, afin qu'elle aussi constate que plus personne ne les suivait.

— Que se passe-t-il ? demanda Tail.

Cat ne lui répondit pas immédiatement. Elle tentait plutôt de demander à Vic d'arrêter son cheval. Vic ne l'entendit pas. Cependant, il finit par arrêter sa monture, mais pas pour la même raison. Rejoint par Cat, Alexandra et Tail, ce dernier prit la parole :

— Ce n'est pas normal. Pourquoi ils se sont subitement arrêtés et pourquoi un immense sourire barre-t-il leur visage ?

Vic ne l'écoutait pas. Il regardait droit devant lui et interpella Cat pour qu'elle se tourne dans la direction qu'il lui indiquait. Devant eux, commençait un petit sentier menant vers une forêt.

— Sais-tu ce qu'il y a là-bas ? lui demanda Vic.

Cat comprit tout de suite ce qui les attendait et pourquoi les chevaliers noirs avaient soudainement arrêté de les suivre et arboraient tous un méchant sourire.

— Oui, Vic, je le sais.

Tail regarda ses amis, attendant une explication de leur part, mais personne ne lui en fournit. Vic et Cat étaient figés, le regard braqué vers les arbres.

— Quelqu'un pourrait-il m'expliquer où nous sommes et pourquoi ses fous sont restés là-bas ? demanda Tail.

— Parce que c'est la forêt maléfique ! Si on y pénètre, on va mourir ! Tu comprends ? lui lança Vic, qui avait les yeux exorbités, tant il avait peur.

— Quoi ? Une forêt maléfique, tu rigoles ! Ça n'existe pas, Vic, voyons ! répliqua Tail.

Cat se tourna vers Tail. Par le regard, elle lui

signifia que, pour une fois, Vic ne semblait pas plaisanter et qu'il y avait peut-être une part de vérité dans ce qu'il disait. Mais de là à dire qu'elle était maléfique… Vic l'apostropha :

— Si je rigole ? Tu vas voir ! Écoute-moi, Tail, personne n'a jamais réussi à traverser cette forêt ! Tous ceux qui ont essayé n'ont jamais réapparu ! Il y a des monstres qui y vivent, dont d'énormes dragons. On dit que certains auraient deux têtes et d'autres, plusieurs mains.

Et tu veux savoir ce que mangent ces dragons ? Eh bien, des êtres humains...

Attends, ce n'est pas tout. Il paraît que les arbres seraient tous morts et vivants à la fois ! Tu comprends maintenant pourquoi les chevaliers noirs ont cessé de nous poursuivre ? Ils ne sont pas fous ; ils sont sûrs que nous allons mourir là-dedans et dis-toi bien que c'est certain !

— Arrête, Vic ! lui ordonna Cat, en lui faisant signe qu'Alexandra était là.

Comment des arbres pouvaient-ils être morts et vivants à la fois, se demandait Tail, qui trouvait cette histoire absurde.

— Dans ce cas, savez-vous quoi ? Nous n'avons plus que deux choix : eux, leur dit Tail en désignant les chevaliers, ou cette forêt, en la leur montrant sans trop croire à l'histoire de Vic.

Cat et Vic se retournèrent vers les chevaliers noirs, qui commençaient à s'impatienter. Leurs chevaux étaient de plus en plus agités, comme si cette forêt les rendait nerveux. Qui plus est, d'autres chevaliers les avaient rejoints formant maintenant autour de Calsalme une troupe compacte.

— Je crois, Vic, que nous devrions tenter notre chance vers la forêt, car nous ne sommes pas assez nombreux pour retourner vers eux et les affronter. Nous n'en sortirons pas vivants, il y en a beaucoup trop, conclut Cat en lui démontrant les chevaliers noirs massés derrière eux.

Vic regardait ses amis. Il savait bien que retourner vers Calsalme, c'était la mort assurée. Et s'enfoncer dans cette forêt ne valait pas mieux…

— Vous êtes bien sûrs de votre choix, il n'y a aucune autre solution ? demanda Vic.

Cat lui fit un signe de la tête et ajouta avec un petit sourire :

— Tu peux toujours rester ici, si tu veux !

— Très drôle ! lança Vic.

Sans un mot, ils prirent le petit sentier en direction de la forêt.

On entendait Calsalme crier qu'ils allaient mourir. Mais personne ne se retourna. Au bout d'un moment, tandis qu'ils se rapprochaient de la forêt, Alexandra s'adressa à Vic.

— Tu sais quoi, Vic, j'ai déjà entendu une drôle histoire à propos de cette forêt.

— Vraiment ? Je serais curieux de connaître ta version, lui répondit-il, en regardant autour de lui pour s'assurer que personne ne les suivait.

— Cette histoire a un rapport avec le roi Dartapie, mon grand-père. On dit qu'il aima une autre personne au château, mais que ce n'était pas la reine. Et que cette femme fut son grand amour.

— Dans ce cas, pourquoi a-t-il épousé la reine? demanda Vic, très surpris.

— Primo, ce n'est pas mon grand-père qui a voulu l'épouser. C'est mon arrière-grand-père qui l'a obligé parce qu'elle était très riche. Et la personne qu'il aimait, il l'avait déjà rencontrée avant son mariage. Mais son père lui a interdit de se marier avec elle, expliqua Alexandra en haussant le ton.

— Très bien, ne te choque pas. Je posais juste une question, répondit Vic avec un petit sourire.

Pour Alexandra, son grand-père était le plus merveilleux des grands-pères de la terre entière. Elle n'acceptait aucune remarque désobligeante à son égard. Elle poursuivit son histoire :

— Secundo, la reine ne voulait pas d'enfant. Elle les détestait tous! Alors tu peux imaginer sa tête lorsqu'elle apprit qu'elle en aurait un! Elle était folle de rage contre mon grand-père. C'est pour cela qu'elle n'a jamais aimé ma mère, et je me demande d'ailleurs si elle a aimé quelqu'un de toute sa vie! Elle était terriblement méchante. De toute façon, ce n'est pas d'elle dont je veux parler, mais de la personne qu'aimait mon grand-père.

Compte tenu de son rang, elle était la première dame d'honneur de la reine. C'était une très belle femme et elle adorait les enfants. Tout le contraire de ma grand-mère ! Un jour, la reine l'aurait surprise avec mon grand-père. À ce qu'il paraît, elle aurait immédiatement ordonné à deux de ses chevaliers de la reconduire ici.

Alexandra reprit son souffle, puis continua son récit :

— On dit que cette dame était enceinte de mon grand-père et qu'elle aurait accouché dans la forêt, mais qu'elle serait malheureusement morte en donnant naissance à cet enfant. Elle serait toujours vivante et aurait été élevée par les animaux de la forêt. Elle serait moitié loup, moitié humain et mangerait les personnes qui se promènent ici.

Tail, qui avait entendu toute l'histoire, éclata de rire.

— Quoi ! Tu ne me crois pas ? lui demanda Alexandra.

— Oui, mais disons que je trouve la fin un peu exagérée, manger des humains, c'est un peu fort, tu ne crois pas ? Et puis, pourquoi dis-tu *elle ?* Si vous n'avez pas la preuve que cette histoire est véridique, puisque que vous prétendez que personne n'est jamais sorti d'ici, comment sais-tu qu'il s'agit d'une fille, ajouta Tail en dévisageant Vic et Alexandra.

Ils restèrent bouche bée.

— Oh, non ! Ne me dites pas que vous croyez qu'elle existe ! s'exclama-t-il, avant de constater que lui aussi en était rendu à dire *elle !*

Sans se démonter, Alexandra reprit :

— Les gens disent que c'est une fille ! C'est pour ça que je dis *elle.*

Tail lui sourit, puis répondit :

— C'est parfait, je comprends.

Cat intervint alors :

— Tu sais, Alexandra, j'ai aussi entendu cette histoire, lorsque j'étais plus jeune. Je me souviens avoir surpris une conversation entre deux chevaliers. J'avais demandé à mon père s'ils disaient vrai, car j'étais abasourdie que la reine ait pu agir de la sorte. Il m'avait répondu que personne n'avait jamais pu le vérifier ni ne savait qui étaient les deux chevaliers que la reine avait mandatés pour conduire sa première dame dans la forêt.

— Donc, personne ne sait si cette histoire est véridique ! répondit Tail.

Cat fit signe qu'il avait raison.

— Alors, si cette histoire n'est pas avérée, cette forêt n'est peut-être pas maléfique, reprit Tail.

Immédiatement, Vic riposta :

— Mais tu n'écoutes pas quand on te parle ! On vient de te dire que cette forêt est maléfique, c'est pourtant simple à comprendre ! Personne, je dis bien *personne*, n'est jamais ressorti d'ici ! Tous ont disparu, les deux chevaliers de la reine y compris. Clac, comme ça ! affirma Vic en joignant un claquement de doigts à ses paroles.

— Alors, vous croyez vraiment à cette histoire ? Qu'il y a des dragons et des choses étranges dans cette forêt ? insista Tail.

— Oui ! répondirent Alexandra et Vic, sans aucune hésitation.

Alexandra regarda Curpy pour lui murmurer :

— Ne t'en fais pas Curpy, moi je te protégerai ! Et puis, n'oublions pas un détail très important : Tail a son collier magique !

TAIL N'AVAIT JAMAIS CONFIÉ son secret à quiconque et personne ne savait qui était réellement Curpy. Il observa Alexandra et se dit qu'elle était très courageuse. Il regardait son collier, se demandant quel pouvoir il pouvait bien receler, lorsqu'un frisson lui traversa le corps. Il venait d'aborder la forêt. Un mauvais pressentiment l'envahit, lui signifiant que quelque chose allait se passer et que ce ne serait pas de tout repos.

— Regardez! leur enjoignit Vic en pointant les arbres.

Les arbres morts donnaient l'impression qu'ils surveillaient les cavaliers. Un brouillard épais nappait le sol, ce qui empêchait de voir ce qui bougeait sous leurs pieds, car de toute évidence il y avait de l'action sous les sabots des chevaux.

— Qu'est-ce qui se promène là-dessous ? Est-ce que ce sont des serpents ? demanda Vic.

Personne ne lui répondit. Des bruits bizarres se faisaient entendre au loin et plus ils avançaient, plus ils avaient l'impression que les arbres les scrutaient à la loupe. Des chauves-souris suspendues aux branches avaient d'étranges yeux brillants dans le noir. Elles aussi les surveillaient.

Le groupe progressait lentement en silence, à l'exception d'Alexandra qui continuait de chuchoter aux oreilles de Curpy que tout irait bien et qu'ils sortiraient tous vivants de ce lieu sinistre. Puis elle releva la tête et demanda à Tail à voix base :

— Crois-tu que Marcuse nous recherche présentement ? Crois-tu qu'il sait que nous sommes ici ?

— Oui, il n'y a aucun doute ; Marcuse nous recherche.

— Mais sait-il que nous sommes ici ?

Comment lui dire que personne ne songerait jamais à les chercher ici, si tous pensaient que cette forêt était vraiment maléfique. Il lui dit la vérité.

— Je ne peux pas te répondre, Alexandra. J'aimerais bien, mais je ne peux pas. Je ne sais pas si Marcuse sait que nous sommes ici.

— Tail, tu es l'élu ! Tu devrais le savoir ! Et puis, tu as aussi ce collier ?

— Tu sais, il y a malheureusement peu de temps que j'aie appris que j'étais l'élu. Et je ne sais pas exactement comment me servir de ce collier. Macmaster n'a pas eu le temps de me l'expliquer.

— Qu'est-ce qui te dit que c'est lui qui devait te le montrer et non pas toi qui dois le découvrir ?

Elle a peut-être raison, se dit Tail en regardant le collier et en se demandant comment ses pouvoirs se révèleraient sans l'aide de Macmaster.

Cat, qui avait entendu Alexandra, s'interrogeait. Que pouvait-il bien se passer dans cette petite tête. Elle ne laissait transparaître aucune peur. « Faites que Marcuse et les gens du château nous retrouvent pour que nous sortions tous en vie de cette forêt. Je ne veux pas mourir ici », dit-elle comme une prière.

Tail, qui regardait Cat, l'avait entendu penser. À son tour, il se questionna. « Était-ce bien Cat ? Est-ce que je suis seulement capable de comprendre les pensées des personnes qui sont dans la détresse ? Comme ce rêve que j'avais fait, lorsqu'elle avait dit à Alexandra que je viendrais les chercher. Mais pourquoi ne m'est-il pas possible de pénétrer toutes les pensées ? Et naturellement, Macmaster, il n'y a pas de danger que vous me répondiez! Ni que vous me disiez de quel côté aller! » Tail eut un petit sourire intérieur, que Cat perçut. Elle sentait bien que Tail l'observait et elle lui demanda si tout allait bien.

— Oui, tout va bien! lui mentit Tail, qui ne voulait évidemment pas lui avouer qu'il avait capté ses pensées et qu'il savait qu'elle était très inquiète.

Elle ne l'accepterait jamais et, surtout, qu'il puisse discuter avec Macmaster lui était inconcevable. Tail la regardait de nouveau et se disait : « Pauvre Cat, elle s'imagine vraiment que cette forêt est maléfique! », lorsque Vic le sortit de ses réflexions.

— Avez-vous entendu?

Un énorme bruit venait de résonner, suivi d'un long silence.

— Oui! On dirait un ronflement! soutint Alexandra en se tournant vers Vic.

Curpy, dont la petite tête dépassait du chandail d'Alexandra, avait redressé ses petites oreilles, comme s'il guettait un nouveau bruit.

— Oui! C'est ça! affirma Vic.

Tail écouta et remarqua lui aussi que ce bruit ressemblait effectivement à un ronflement. Il fit signe à Vic de se taire. Ils entendirent le bruit à plusieurs reprises. À voix basse, Tail interrogea ses amis :

— Qu'est-ce qui peut bien faire...

Mais Vic ne lui laissa pas terminer sa phrase.

— Un dragon, oui, ce ne peut être qu'un dragon! s'exclama-t-il en sortant son épée.

— Vic, calme-toi! Si c'est vraiment un dragon, il est en train de dormir, ton dragon. Et il vaudrait peut-être mieux le laisser dormir, tu ne penses pas? rétorqua Cat, qui ne voulait pas savoir si c'était vraiment un dragon…

Elle avait raison. S'il s'agissait d'un dragon, mieux valait le laisser dormir tranquillement. Mais était-ce réellement un dragon? Est-ce que cela existait vraiment, s'interrogeait Tail?

Aucun n'osait maintenant bouger, tous se demandant à quoi correspondait ce bruit et de quel endroit exactement il provenait.

— Que fait-on Tail? demanda Alexandra.

Tail réfléchit quelques instants.

— Je crois que nous devons continuer à avancer sans faire le moindre bruit. Franchement, nous n'avons pas d'autres solutions et si cette *chose* dort, alors profitons-en pour passer sans qu'elle s'en aperçoive. Il serait préférable que nous traversions cette forêt le plus rapidement possible.

Nous aussi, nous devons trouver un endroit pour dormir. Mais encore là, si vous préférez, nous pouvons nous arrêter. Donc, c'est vous qui décidez.

Vic fut le premier à répondre.

— C'est tout un dilemme que tu nous exposes là ! N'y aurait-il pas une autre possibilité ou direction que nous pourrions prendre, ce qui rendrait notre décision plus simple ?

Personne ne lui répondit, parce que tous regardaient de tous côtés et qu'il était évident que c'était la seule issue.

— Toi, Cat, quel est ton avis ? demanda Alexandra.

— Je pense que nous devons traverser cette forêt et que nous sommes aussi très fatigués. Si cette chose nous attaquait, nous serions épuisés en quelques minutes et incapables de nous défendre.

Je vote donc pour passer le reste de la nuit ici, même si cela nous retarde. Je préfère prendre la chance qu'il soit parti que de passer près de lui !

— Je suis d'accord avec toi, je n'ai pas vraiment envie de le voir, répondit Alexandra.

— Pour moi, c'est pareil, fit Tail

— Donc, je n'ai pas le choix… fit entendre Vic.

— Non, Vic, dans la vie tu as toujours le choix ! répliqua Cat.

Mais Vic l'ignora.

Ils descendirent de cheval et commencèrent à ramasser des feuilles pour se confectionner un grand matelas. Il y avait tellement de brouillard que leurs mains disparaissaient chaque fois qu'ils les plongeaient vers le sol. Vic grimaçait. Il avait peur de ramasser une bestiole avec un tas de feuilles ou, pire, d'être aspiré par les mains. Ils finirent par entasser suffisamment de feuilles pour passer une confortable nuit.

— Nous allons dormir ainsi, à la vue de tous ? s'enquit Vic.

— Ne sois pas inquiet, les chevaux sont près de nous et ils henniront si quelque chose ou quelqu'un approche, répondit Tail.

— Ah, bon ! Tu te fies aux chevaux maintenant ? l'interrogea Vic.

— Non, mais si tu veux, rien ne t'empêche de monter la garde au lieu de dormir, lui rétorqua Tail, qui était épuisé.

Vic se tut. Comme ses amis, il était lui aussi à bout de force et choisit de dormir. Dans le calme qui régnait maintenant qu'ils étaient allongés sur leur tapis végétal, on percevait seulement le ronflement de cette chose, au loin. Tail se rappela la forêt de l'orphelinat qui, étrangement, ressemblait à celle-ci.

— Bizarre! dit-il à haute voix.

— Qu'est-ce qui est bizarre? demanda Cat, qui l'avait entendu.

— Oh, rien!

Puis ils s'endormirent dans le froid glacial, serrés les uns contre les autres.

TAIL EUT DROIT À UNE VISITE durant son sommeil. Curpy, ou plutôt l'âme de son père, s'adressa à lui.

— Tail, je ne veux plus que tu doutes de toi ! Dis-toi bien que ce n'est pas par hasard si tu es l'élu, et qu'il y a une raison à cela. Écoute-moi bien, c'est très important. Tu devras être très fort pour partir d'ici, car malheureusement cette forêt est réellement maléfique, comme tes amis ont tenté de te l'expliquer. Même si cela te paraît étrange, c'est la vérité. N'oublie pas que tu n'es plus à l'orphelinat, que plusieurs années t'en séparent et que la vie est bien différente maintenant. Désormais,

Tail plus personne ne pourra t'aider, car pour les sages, cette forêt leur est inaccessible, que ce soit par la pensée ou par tout autre moyen. Personne ne sait pourquoi, mais quelque chose leur bloque l'accès à la forêt et ils ne peuvent donc utiliser aucun de leur pouvoir pour t'aider. Ils ne peuvent même pas confirmer que tu es ici. Tu sais, mon fils, lorsque tu demandes quelque chose, cela ne doit jamais ressembler à un ordre. L'élu a le pouvoir d'invoquer ou de demander, mais il n'a aucunement le droit d'ordonner.

— Je suis désolé, papa, avoua sincèrement Tail, qui se rappela avoir dit à Macmaster de l'aider immédiatement et de lui prouver qu'il était l'élu.

— Je sais, Tail, que tu ne voulais pas agir ainsi, mais tu dois formuler une demande et non donner un ordre. Dis-toi que je suis le seul à savoir que tu es ici, mais je suis enfermé dans le corps de Curpy et mon âme ne peut pas sortir de cette forêt. Ce n'est pas tout. Dans cette forêt, tout est possible, tu entends, tout est possible…

Dans son sommeil, Tail répéta les dernières paroles de son père, ce qui réveilla Cat.

— Tail, Tail, réveille-toi, debout ! lui dit-elle en le secouant.

Le jour était levé. Alexandra, qui tenait Curpy dans ses bras, regardait Tail. Elle lui demanda :

— Où sont nos chevaux ? Est-ce que tu les aurais cachés pendant que nous dormions ?

La phrase d'Alexandra fit bondir Vic, qui regarda de tous les côtés avant de fixer Tail.

— Oui ! C'est ça, ils nous réveilleront si on s'approche de nous ! Hein ! Ce n'est pas ce que tu as dit ? C'était brillant ton idée ! Regarde, nous sommes à pied maintenant. Au lieu de traverser la forêt en trois jours, cela va nous prendre quoi, un mois ? Je ne…

Vic fut sèchement interrompu par Tail, qui était encore un peu fatigué :

— Tu n'avais qu'à monter la garde, si tu n'étais pas content ! Et puis arrête un peu de te plaindre tout le temps ! Tu ferais mieux de nous aider à trouver une solution. Il n'y a pas que toi qui sois pris dans cette mésaventure, nous aussi je te ferais remarquer !

Vic était interloqué. Depuis qu'il avait rencontré Tail, c'était la première fois qu'il le voyait aussi furieux. Mieux valait se taire. Il se fit discret pour quelque temps.

— Bon, nous devons avancer. Qui sait, nous allons

peut-être les retrouver un peu plus loin! fit Alexandra qui voulait détendre l'atmosphère.

Cat et Tail eurent un sourire pour Alexandra. Ils avaient compris qu'elle voulait éviter la chicane.

— Tu as raison Alexandra, nous devons partir, approuva Cat.

— Et puis, vous savez, il y a une bonne nouvelle : on n'entend plus le bruit de cette nuit, poursuivit Alexandra.

C'était vrai. Ils étaient tellement occupés à se demander où étaient passés les chevaux que personne n'avait remarqué que le ronflement avait disparu. Tous tendirent l'oreille, mais s'il n'y avait plus de bruit, cela ne voulait pas dire pour autant que la chose n'était plus là. Tail leur proposa de se mettre en route, car le chemin menant au château était encore loin.

— Tail, est-ce que tu as une idée de ce que nous pourrions manger, car cela fait longtemps que nous n'avons rien avalé? fit remarquer Alexandra. J'ai faim.

Tail regarda Alexandra, se demandant en effet depuis combien temps elle n'avait pas mangé. C'était la première fois qu'elle en parlait.

— Si on a de la chance, on trouvera peut-être des

petits fruits ou autre chose, lui répondit-il, ne sachant pas trop ce qu'on pourrait bien découvrir dans cette forêt morte et ne voulant surtout pas la décourager en lui avouant qu'il n'en avait aucune idée.

— Pour moi, ça ira, acquiesça Alexandra.

Vic aurait aimé émettre un commentaire, mais il décida de le garder pour lui-même. « Hum! Il vaut mieux se taire, elle est plus petite que moi et parvient à contenir sa faim. Je peux attendre, je suis quand même plus âgé qu'elle et je suis un chevalier. Voyons, reprends-toi, Vic. On dirait que c'est toi qui as 7 ans et elle, 13 » s'avoua-t-il.

Tail, qui s'était approché de Vic, lui dit :

— Vic, excuse-moi, je suis désolé d'avoir crié après toi.

— Non, Tail, tu avais raison, je dois reprendre confiance en moi. Il faut…

Mais Vic n'alla pas plus loin, un énorme bruit venait de déchirer le ciel et ils virent quelque chose passer à toute allure au-dessus de leur tête.

— Mais qu'est-ce que c'est que ça ? demanda Vic.

— Aucune idée! répondit Tail, les yeux rivés vers les cieux.

— Cat, as-tu une idée de ce que c'était? demanda Vic.

— Hum! Je ne suis pas certaine de ce que j'ai vu.

— Moi, moi, j'ai vu, intervint Alexandra.

— Dis-nous vite ce que c'est, enchaîna Vic, tout excité.

— C'était un gros animal volant, il était poilu avec une queue de lion et il y avait quelque chose sur son dos. Je ne suis pas certaine que c'était une personne, mais il y avait quelque chose sur son dos, expliqua Alexandra, les yeux grands ouverts.

— Quoi? Quelqu'un était dessus! interrogea Vic.

— Oui, c'est ce que j'ai vu, confirma Alexandra en regardant Tail, comme si elle voulait à tout prix qu'il la croie.

Tail ne doutait pas de la sincérité d'Alexandra. Il s'approcha d'elle :

— Je te crois.

« Donc, il avait bien raison! Je vais voir, mais vraiment voir toutes sortes de choses ici! », finit par constater Tail en repensant à la nuit passée. Tail se tourna vers Vic, qui continuait de regarder le ciel, calmement.

— Est-il possible que quelqu'un fut assis sur une chose volante ? interrogea Vic à la volée.

— Tu sais, Vic, je crois maintenant que tout est possible, regarde-nous ! On croyait qu'il ne serait jamais possible qu'un jour, on puisse se retrouver ici et vois où nous sommes, lui répondit Cat qui, elle non plus n'en revenait tout simplement pas de ce qu'elle avait vu.

J'ai vu la même chose qu'Alexandra ! Aucun doute, quelqu'un ou quelque chose était assis sur cet objet volant, car je ne peux affirmer qu'il s'agissait d'une personne.

Tail s'était rapproché de Cat pour l'interroger, sans que Vic ni Alexandra ne l'entendent.

— Tu as l'air songeuse. On dirait que tu n'es pas certaine que c'était une personne.

— Effectivement. À ton avis, qu'est-ce que cela pourrait être d'autre ?

Tail dut se taire et interrompre leur conversation, car Alexandra les avait rejoints.

— Que disiez-vous ? leur demanda-t-elle.

— Je disais à Cat que j'étais désolé de me répéter, mais que nous devions nous remettre en route, indiqua Tail en les précédant dans le chemin.

Silencieusement, tous le suivirent, approuvant

son idée de sortir au plus vite de cette forêt. Mais il leur était impossible d'avancer sans bruit, car les feuilles mortes crissaient sous leurs pas. Ils étaient certains que si quelque chose se cachait dans la forêt, ladite chose les remarquerait immédiatement. Le bruit des feuilles écrasées trahissait leur présence.

À mesure que Tail avançait, la forêt lui rappelait celle de l'orphelinat. « Est-ce la même ? se demandait-il. Non, c'est impossible. Mais comment en être certain, puisque tout semble possible dans ce monde. »

Il faisait un froid glacial, aucun rayon de soleil ne se faisait voir entre les arbres, comme si la forêt était condamnée à l'obscurité. Après quelques instants de marche silencieuse, Vic fit remarquer qu'il avait la bizarre impression d'être observé.

— Vraiment, souligna Tail en regardant autour de lui.

— Oui, je ne sais pas ce que c'est ni d'où ça vient, mais je suis certain que quelque chose m'observe, confirma Vic.

Tail continua de scruter les arbres. Il aperçut alors une ombre entre des branches et, se concentrant très fort sur elle, il vit une âme apparaître. « Un fantôme ! » se dit-il en le regardant sans bouger.

Il avait l'impression que l'âme tentait de lui parler, mais il avait beau se concentrer, il ne parvenait pas à comprendre ce qu'elle voulait lui dire.

Cat et Vic remarquèrent que Tail n'avançait plus, qu'il était figé, le regard perdu au loin entre des branchages.

— Que vois-tu ? demanda Cat.

Mais Tail ne l'entendit pas. Elle lui redemanda.

— Tail, que vois-tu ?

— Là, regarde !

Mais il n'y avait plus rien, l'âme avait disparu.

— Il n'y a rien, Tail.

— Si, il y avait quelque chose ! Il y avait quelqu'un.

— Quelqu'un ? Mais nous n'avons vu personne, reprit Vic.

— Moi je l'ai vu, c'était un fantôme, répondit Alexandra.

— Un fantôme ! exulta Vic.

— On aurait dit qu'il essayait de parler à Tail, reprit Alexandra.

— Pour de vrai ? demanda Vic.

— Oui, j'ai bien vu que c'était une âme, affirma Tail en regardant ses amis dans l'espoir qu'ils le croient.

Cat lui demanda alors :

— Est-ce qu'il t'a dit quelque chose?

— Oui, mais je n'ai pas compris ce qu'il disait.

— Pourquoi ce fantôme est-il parti? demanda Alexandra.

— Il avait peut-être peur? répondit Vic à la surprise de tous.

— Peur! Mais peur de quoi? renchérit Alexandra.

La peur était-elle le véritable motif? Personne ne pouvait répondre. Tail se demanda ce que pouvait bien faire cette âme en plein milieu de nulle part. Et qui était-elle? Que faisait-elle ici? Les questions se bousculèrent dans sa tête.

— Une chose est certaine, ce fantôme ne nous veut aucun mal, sinon il l'aurait déjà fait, ajouta Alexandra en continuant d'avancer.

Alexandra avait raison. Cependant, que pouvait donc faire cette âme perdue dans cette forêt. Un cri de Vic sortit Tail de ses pensées.

— J'ai trouvé!

— Ne crie plus comme ça, tu vas me faire mourir! dit Cat qui avait sursauté.

Alexandra eut un petit rire coquin.

— Excuse-moi, Cat, mais je crois que je sais qui c'est!

— Ah, oui ? Et de qui crois-tu qu'il s'agit ? l'interrogea Cat.

— De la dame d'honneur !

— Et pourquoi penses-tu que c'est elle ? On ne sait même pas si cette histoire est véridique, rétorqua Cat.

— Pourtant, tu avais l'air d'y croire, il y a quelques heures encore, répliqua Vic.

Cat se souvint de tout ce qu'il lui avait dit à propos de cette forêt. Elle y croyait, mais au fond d'elle-même, elle espérait que cela ne fut pas vrai. Elle s'en sortit par une moue en détournant la tête.

Tail reprit la conversation avec Alexandra.

— C'est une hypothèse. Rien ne nous dit que cela puisse être une autre personne. Qu'en penses-tu ?

— Disons que vous pouvez avoir raison tous les deux, émit Alexandra comme pour semer le doute. Je…

Elle s'interrompit, car un énorme bruit se fit entendre, le même que ce matin. Tous levèrent les yeux vers le ciel et, cette fois, tous virent qu'un monstrueux animal poilu avec une gigantesque queue volait au-dessus d'eux, mais ils leur étaient impossible de dire ce qui se trouvait sur son dos.

— Mais qu'est-ce que c'est que cette chose? lâcha Vic.

— Je crois que c'est... non impossible, dit Tail.

— Crois-tu comme moi que c'est une sorte de dragon poilu? demanda Cat.

Tail regarda Cat; il n'y avait plus aucun doute sur ce qu'ils avaient vu. Mais comment des dragons peuvent-ils encore vivre ici, se demanda-t-il?

— Pourquoi tourne-t-il au-dessus de nos têtes? questionna Cat.

— Je ne sais pas, répondit Tail.

— Je me demande bien ce qu'il nous veut? Chose certaine, il n'est sûrement pas méchant, sinon il nous aurait déjà attaqués deux fois, souligna Alexandra.

— Oui, tu as raison, confirma Tail.

— Il cherche peut-être la bonne façon de le faire pour ne pas nous manquer. Ou plutôt pour nous manger, murmura Vic, qui le regardait s'éloigner.

— Vic! tança Cat en le foudroyant du regard.

Si Vic disait la vérité, Cat préférait ne pas la voir de cette façon. Avec le groupe, elle reprit sa marche jusqu'à ce que, derrière eux, un énorme « bang! » les fasse à nouveau sursauter.

Le bruit avait surgi du sol. On aurait dit un tremblement de terre, tant le sol vibra. Ils se retournèrent et, droit devant eux, ils virent un immense dragon, qui devait bien mesurer 20 pieds, avec des écailles brillantes de couleur verte et deux énormes têtes. L'une avait de grands yeux jaunes et l'autre les avait rouges. De grosses dents jaunes sortaient de leur gueule et de la bave coulait de chaque côté de leurs mâchoires. Ses pattes se terminaient par des griffes acérées qui ressemblaient à des couteaux. Il dégageait une puanteur extrême. Au premier regard, on pouvait facilement comprendre qu'il ne voulait pas se lier d'amitié avec eux et qu'il était plutôt furieux de les trouver sur son territoire.

Preuve en est, il les attaqua immédiatement, ne leur laissant même pas le temps de penser à s'enfuir.

De ses formidables gueules, deux gigantesques flammes jaillirent en même temps, tandis qu'avec sa queue il asséna à Vic un coup d'une telle violence qu'il fut projeté à plus de 10 pieds dans le bois. On vit son corps virevolter et sa tête frapper contre des arbres qui se trouvaient sur sa trajectoire. On l'entendit crier sa douleur en tombant, puis plus rien.

Alexandra, qui hurlait de peur, tenta de se cacher derrière Tail. À ses cris, le dragon arrêta de gesticuler et de cracher du feu pour l'examiner. Tail en profita pour s'élancer, épée au poing, mais les écailles de la bête étaient tellement dures que son arme ne l'égratigna même pas.

Ce fut alors au tour de Tail d'être dans la ligne de mire du dragon. Il était terriblement offusqué qu'on essaya de le blesser. Il sortit ses griffes, les écarta et infligea une profonde blessure au ventre de Tail. Les griffes du dragon non seulement lui arrachèrent la peau, mais il fut projeté au loin comme une simple guenille.

Étendu sur le sol, Tail ne parvenait pas à croire que l'aventure était en train de se terminer ici. Le ventre ouvert par les griffes de ce dragon, son sang coulait abondamment.

Curpy, qui était dans les bras d'Alexandra, le regardait sans pouvoir l'aider. On voyait que le petit animal était très triste. Pourtant, Tail l'entendit lui dire : « Tail, aie confiance en toi ! », comprenant que c'était son père qui s'adressait à lui. Tail se mit à crier :

— Toi, chevalier blanc, oui toi ! dit-il en regardant le ciel, je t'invoque. Accorde-moi ta force, toi qui es le plus grand des chevaliers de tous les temps, je te demande ton aide, j'implore ta puissance.

Immédiatement, de gros coups de tonnerre se firent entendre. Les nuages se dispersèrent, un énorme trou accompagné d'éclairs se forma et une boule descendit jusqu'à Tail pour lui traverser le corps. Une énergie extrêmement puissante l'envahit quelques instants, le paralysant. Il n'arrivait plus à bouger et l'on voyait ses membres se raidir, comme sous l'effet d'un choc électrique. Puis soudainement, tout disparut et le ciel redevint comme avant.

Tail se releva et même si le sang continuait de couler de ses blessures, il ne ressentait aucune douleur. Il prit son élan pour se précipiter sur la monstrueuse patte du dragon que, d'une force incroyable, il transperça. Mais l'animal avait le regard rivé sur Alexandra depuis un bon moment et ne lui prêta pas attention. C'est le contact de l'épée qui le ramena à la réalité, lui arrachant un beuglement, tant Tail s'acharnait à maintenir son arme bien enfoncée dans les chairs, car il n'était pas question de lâcher prise. Il savait que s'il relâchait la pression, c'en était bien fini pour lui et que le monstre se vengerait.

Le dragon faisait tout ce qu'il pouvait pour atteindre Tail, mais n'y parvenait pas. Il était tellement gros qu'il n'était pas capable de se pencher pour attraper Tail. Il se mit à agiter son pied dans tous les sens afin de déstabiliser Tail. Cat en profita pour pousser Alexandra hors de portée du dragon, puis fit volte-face pour, à son tour, frapper le dragon. L'énorme monstre ne sentit même pas les coups de Cat, trop occupé qu'il était à vouloir capturer Tail.

Il recommença à le secouer dans tous les sens et c'est alors que sa queue frappa Cat au visage. Projetée à plusieurs pieds de là, elle perdit conscience pendant quelques minutes, puis elle se releva le visage ensanglanté et repartit à la charge pour le frapper, tout en hurlant au dragon d'arrêter, car elle ne voulait pas qu'il tue Tail. Mais cette fois, une des deux têtes aperçut Cat et lui asséna un tel coup de queue, qu'elle fut expédiée dans un arbre et ne se releva pas. Alexandra, qui s'était cachée, sortit de son repaire en pleurant et en criant le nom de Cat.

Le dragon se retourna, vit Alexandra et, d'un coup d'éclair, l'attrapa. Terrorisée, elle appela Tail à son secours, mais le dragon ouvrit ses ailes et s'envola avec Alexandra. En prenant son envol, il ne manqua pas de frapper violemment sa patte contre un arbre pour se débarrasser de Tail. Ce qu'il réussit sans peine. Tail chuta jusqu'au sol, inconscient.

TANDIS QUE LE DRAGON prenait de l'altitude, on entendait les hurlements d'Alexandra. Et puis plus rien, Alexandra avait disparu dans la forêt. Quelques heures passèrent et Vic fut le premier à reprendre conscience.

— Aïe ! J'ai le bras cassé, dit-il en se relevant. Tail, Cat, Alexandra, où êtes-vous ?

Il continua d'appeler ses amis et partit à leur recherche. Il retrouva d'abord Tail, qui était étendu le visage contre terre. De toutes ses forces, il le retourna, mais il ne put s'empêcher de hurler de douleur lorsque Tail retomba sur son bras. Ce qui le fit taire, c'est la vue du ventre de son ami, qui était en sang.

Il se mit à écouter les battements de son cœur, pour savoir s'il était toujours vivant. Rassuré sur ce point, il le secoua doucement.

— Tail, Tail, réveille-toi, ne me laisse pas!

Vic répéta ces mots en pleurant. Il était assis à ses côtés, désespéré. Mais quelques instants plus tard, on entendit la petite voix faible de Tail.

— Vic! Tu es là?

— Tail! Je suis tellement content de t'entendre!

De toute évidence, Vic était heureux que son ami ait repris conscience. Quelques secondes après, Vic lui demanda s'il savait où se trouvait Cat et Alexandra. Tail lui indiqua l'endroit où il avait vu Cat pour la dernière fois. Vic se dirigea immédiatement vers le lieu, où l'état des arbres fracassés ne laissait rien présager de bon.

— Que s'est-il passé ici? s'exclama-t-il. Oh, non! Dites-moi qu'elles sont vivantes. Cat, Alexandra, où êtes-vous?

Vic entendit la voix de Cat, qui était presque inaudible.

— Je suis ici.

— Oui, Cat, continue de parler! Je vais me fier au son de ta voix pour arriver jusqu'à toi.

Cat fut prise d'un fou rire. Vic lui avait répondu comme si elle était à des kilomètres, alors qu'elle se trouvait à quelques pas de lui.

— Viens par ici.

Puis elle aperçut Vic, qui lui aussi était assez amoché.

— Je suis tellement content de te voir, Cat.

Vic vit que le visage de Cat était tailladé à plusieurs endroits. Cat sentit que son ami avait beaucoup de peine pour elle.

— Moi aussi, je suis contente de te voir, répondit-elle pendant qu'il l'aidait à se lever.

— Bon, il nous reste à trouver Alexandra. Sais-tu où elle est ?

— Non. Mais as-tu trouvé Tail ?

— Il est juste là, dit Vic en lui montrant Tail qui avançait vers eux avec peine. Il ne nous manque plus qu'Alexandra et nous serons au complet.

— On ne la trouvera pas. Elle n'est plus ici. Le monstre l'a emportée avec lui, leur révéla Tail.

— Quoi ? Tu veux dire que le dragon l'a enlevée ?

— Oui, Vic.

— Mais comment allons-nous faire pour la retrouver ? Regardez l'état dans lequel nous sommes. Nous ne parvenons même plus à marcher normalement, constata Vic.

Tous se regardèrent et conclurent qu'ils n'avanceraient pas vite. Mais dans ce malheur quelque chose soulageait Tail. Curpy était avec Alexandra.

— Tu sais, Vic, elle n'est pas seule. Curpy est avec elle.

— Curpy! Comment veux-tu que ce furet, ce quatre pattes poilu la défende!

Tail ne répondit pas. Il ne pouvait divulguer le secret de Curpy. Puis sa douleur au ventre reprit le dessus. Il avait terriblement mal. Il pensa à Macmaster et se souvint qu'il lui avait parlé d'une médication pour des blessures comme la sienne.

— Je dois m'en souvenir, je dois absolument m'en souvenir!

— De quoi dois-tu te souvenir? lui demanda Cat.

Mais Tail ne l'écoutait pas et finit par lâcher :

— Oui, c'est ça!

Comme un éclair, toute la formule lui revient en mémoire et, d'un bond, il se précipite pour ramasser plusieurs herbes. Cat et Vic le regardaient, médusés.

— Mais qu'est-ce que tu fais? demanda Vic.

— Nous devons soigner nos blessures, Vic. C'est la première chose à faire avant d'aller plus loin. Les sages m'ont montré comment mélanger des herbes pour guérir les plaies. Nous allons donc ramasser celles dont nous avons besoin.

Tail leur expliqua ce qu'ils devaient trouver.

— Il nous faut également une couleuvre, une quinzaine d'araignées, de la terre humide, des feuilles d'érable, des trèfles, de la moisissure, des feuilles de chêne et beaucoup de toiles d'araignées et des limaces.

Quoique surpris par cette liste d'épicerie peu ragoûtante, Vic et Cat partirent à la recherche des ingrédients, ce qui prit quelque temps. De retour, Vic ne put s'empêcher de dire à Tail en le voyant concocter le mélange :

— Tu es certain de ce que tu fais ? Ça semble plutôt repoussant et je ne comprends pas pourquoi tu mets des bestioles là-dedans, encore moins cette couleuvre.

— L'ADN de cette couleuvre est une sorte de médicament.

— Vraiment ? Ça pue et ça a l'air dégoûtant.

— Tu sais, Vic, rien ne t'oblige à appliquer cette préparation. Tu peux toujours trouver autre chose ou même préparer ta propre potion, lui répondit Cat.

Vic la regarda sans dire un mot. Elle avait entièrement raison, rien ne l'obligeait à utiliser le remède de Tail, mais de là à se confectionner sa propre recette, c'était hors de question.

Maintenant que tous les ingrédients étaient réunis, Tail en était à répéter la formule magique des sages. Il n'entendit pas les commentaires de Vic. Il était trop concentré sur la réussite de cette potion, qui ressemblait à de la boue. Il ôta ce qui lui restait de chandail, prit une bonne quantité de boue à pleines mains et l'appliqua sur son ventre. Comme par magie, les plaies se fermèrent et la peau se reconstitua immédiatement.

— Oh, ça fonctionne ! Ça fonctionne, répétait Vic, les yeux grands ouverts.

Tail ne put s'empêcher de sourire. Il avait réussi.

— Alors, Vic, veux-tu en mettre sur ton bras ?

Vic voulait guérir ses blessures et elles disparurent une à une en quelques instants. Il s'adressa alors à Tail :

— Par hasard, tu n'aurais pas une autre potion pour que nous puissions avaler quelque chose ? Je meurs de faim.

— Écoute, Vic, il est certain que dans cette forêt tu ne mangeras pas un ragoût. Si tu as faim, tu devras te contenter de ce que tu y trouveras.

Tail regarda autour de lui, vit une énorme bestiole à plusieurs pattes et s'en saisit.

— Tu vois cette bestiole ? Voilà ce que j'en fais, dit-il en l'enfournant d'un coup dans sa bouche.

— Beurk ! C'est dégoûtant, commenta Vic.

Mais Tail ne l'entendait plus. Il avait une nouvelle vision. Alexandra pleurait, tout en serrant Curpy dans ses bras, pour le cacher du dragon. Elle était dans une espèce de nid géant et il voyait le dragon assis à côté d'elle. Une montagne ! Oui, c'est ça, elle était dans la montagne et il voyait des images défiler devant lui comme au cinéma.

Pendant ce temps, Cat imita Tail. Elle attrapa une bestiole et la mangea. Vic était stupéfait.

— Tu vois, Vic, si je meurs, au moins ça ne sera pas de faim ! Et puis ça n'a pas mauvais goût après tout ! Il y a pire, dit-elle en prenant une autre bestiole qui passait par là.

— Pire ? Es-tu certaine ?

Vic, qui regardait Cat manger ses bestioles, n'en était pas très convaincu. Il regarda autour de lui afin de trouver autre chose à se mettre sous la dent, mais après vérification, rien n'était comestible. Il décida de faire comme les autres. Tout compte fait, mieux valait manger des bestioles, que de mourir de faim et il partit avec Cat à la recherche d'autres spécimens.

Après en avoir ingurgité plusieurs, Cat lui demanda s'il allait bien et il acquiesça. Ils rejoignirent Tail, toujours assis au même endroit, les yeux fixés droits devant lui.

— Hello, Tail! Qu'est-ce qu'il t'arrive? demanda Cat.

— Oh! Désolé, j'étais dans la lune.

Cat l'observa, persuadée qu'il ne disait pas la vérité. Il se leva et dit :

— Allons! Nous n'avons plus de temps à perdre, nous devons retrouver Alexandra.

— C'est vrai, il faut partir à sa recherche, commenta Vic. Mais comment savoir où elle se trouve?

— Honnêtement, je n'en ai aucune idée, mais je peux t'assurer que je vais la retrouver. Je sais qu'elle est toujours vivante et que le dragon ne lui veut aucun mal.

— Vraiment! dit Vic, qui savait très bien que c'était plus qu'une intuition que Tail avait.

— Comment te dire, quelque chose me pousse à aller dans cette direction, annonça Tail en pointa le chemin qu'il voulait emprunter.

— Qu'est-ce qui te dit que ton intuition est bonne?

demanda Vic pour savoir s'il avait eu une vision.

— Écoute, Vic, Tail est l'élu, alors je crois qu'il faut se fier à lui, répondit Cat, qui était certaine que Tail avait eu une vision pendant qu'elle s'était éloignée avec Vic pour manger des bestioles.

« S'il a eu une vision, pourquoi ne le dit-il pas ? » se demanda Vic, qui décida de ne plus lui poser des questions et changea de sujet.

— Savez-vous que la nuit va bientôt tomber ?

Cat et Tail savaient très bien que le jour ne tarderait pas à disparaître et qu'ils n'avaient pas beaucoup progressé durant la journée, mais Alexandra était quelque part et les attendait. Tail finit par répondre à Vic :

— Oui, Vic, nous le savons et c'est pourquoi nous devons nous remettre en route pour la…

Tail ne termina pas sa phrase et demanda à Vic de garder le silence.

— Quoi ? chuchota Vic.

Tail lui fit signe de se taire et de ne pas bouger. Il avança seul dans la forêt et, quelques instants plus tard, Cat et Vic ne le virent plus. Il avait disparu. Ils commençaient à s'inquiéter quand soudain, Tail réapparut. Il tenait leurs trois chevaux par la bride.

— Comment as-tu fait ? demanda Vic, tout heureux de pouvoir récupérer sa monture.

Tail ne l'entendait pas ; il était encore trop loin d'eux. Cat avait un large sourire, elle était heureuse de revoir Tail et les chevaux, bien sûr. Tail se rapprochait en leur criant :

— Regardez ce que j'ai trouvé ?

— Comment as-tu fait pour savoir qu'ils étaient là ? demanda Cat. Laisse-moi deviner : tu as eu une intuition ?

— Non ! Je les ai vus, c'était comme si aucun arbre ne les cachait. Lorsque je me suis aperçu que j'étais le seul à les voir, j'ai voulu les toucher pour être certain que ce n'était pas un mirage.

— Maintenant que nous avons les chevaux, il faut vraiment repartir, annonça Cat.

Ils chevauchaient depuis plus d'une heure, sans que personne n'ait prononcé un mot. Cat fut la première à rompre le silence. Elle vint à la hauteur de Tail et lui demanda :

— Tu as vu Alexandra, n'est-ce pas ?

— Oui, je l'ai vue, mais comment vous le dire pour être cru ? Je me suis peut-être...

Tail n'alla pas plus loin, mais Cat lui demanda de continuer.

— Eh bien, c'était peut-être une illusion. Je désire tellement la retrouver.

— Non, ne dis pas ça. Tu dois avoir confiance en toi, tu sais que nous allons te croire. Si tu me dis que tu as vu quelque chose, je vais te croire, ne sois pas inquiet. N'oublie pas que tu es l'élu et que c'est ainsi. Nous savons très bien que tu acquerras plus de pouvoir que nous ne pourrons jamais en avoir. Et lorsque le dragon t'a griffé, crois-tu que cela puisse arriver à tout le monde ? Voyons, Tail, le ciel s'est déchaîné pour toi, tu ne t'en souviens pas !

De la part de Cat, c'était un compliment. Tail se remémora cette énergie incroyable qui lui traversa le corps après avoir invoqué le grand chevalier blanc. Comment cela s'était-il produit ? Son père l'avait pourtant averti que personne n'entendrait ses appels.

— Alors je vais te dire ce que j'ai vu. Alexandra est dans une montagne avec le dragon qui l'a enlevée. Elle est dans une sorte de nid géant. Tu sais, je ne crois pas qu'il lui veuille du mal. Je pense plutôt qu'il la prend pour son enfant ou quelque chose comme ça.

— Je suis soulagée qu'elle soit en vie et tant mieux s'il la prend pour son enfant, car je ne veux pas qu'il lui arrive quoi que ce soit.

Vic se rapprocha et demanda :

— Que disiez-vous ?

— Tail a eu une vision. Alexandra est vivante.

— Vraiment, tu l'as vue ! J'en étais certain lorsque

je t'ai vu, le regard fixé droit devant toi. Je savais bien que c'était ça. Mais où est-elle?

Tail raconta à Vic ce qu'il avait vu et ils continuèrent à avancer pendant une partie de la nuit. Au milieu de nulle part, ils virent une espèce de cabane, près d'un arbre.

— Cela sera parfait pour finir la nuit et dormir un peu, suggéra Vic en sautant de son cheval pour se précipiter vers la cabane.

— Attends, Vic, pas si vite, lui conseilla Cat. Il y a peut-être quelqu'un à l'intérieur.

— Et qui veux-tu que ce soit? Il n'y a personne par ici.

— Celui qui l'a construite, par exemple, renchérit-elle.

— Quelqu'un ou bien quelque chose, tu veux dire.

Tail n'écoutait pas ses amis dialoguer. Il examinait la cabane. Elle semblait récente, comme si quelqu'un l'avait bâtie depuis peu de temps. Est-ce la fille de la dame d'honneur qu'Alexandra évoqua, se demanda-t-il? Vic l'interpella.

— Est-ce qu'on entre? lui demanda-t-il en ouvrant la porte.

— Vas-y, je vais d'abord attacher les chevaux. Je veux être certain qu'ils resteront ici.

— Je vais t'aider, proposa Cat.

Vic retourna près de son cheval et, comme les autres, l'attacha pour que cette fois il ne s'enfuit pas. Puis tous pénétrèrent dans la cabane.

Bizarrement, il y avait de la place pour trois, comme si l'endroit avait été bâti spécialement pour eux! Ce n'était pas tout : il y avait même de la vraie nourriture, pas des bestioles infâmes!

— Regardez, il y a à manger. J'ai tellement faim! dit Vic avant de s'attaquer à un panier de grosses pommes rouges.

Tail appréciait la cabane et n'en revenait pas. Cat, qui était aussi stupéfaite que lui, demanda :

— On dirait qu'elle a été construite pour nous. Tu n'as pas cette impression?

— Je me disais la même chose.

— Mais qui a bien pu faire ça? Il n'y a personne dans cette forêt.

— En es-tu certaine?

— Que veux-tu dire, Tail? As-tu vu quelqu'un? interrogea Vic, qui croquait une pomme.

— Non, mais c'est vous qui m'avez dit que la fille de la dame de compagnie vivait ici! Et puis qu'est-ce qui te dit que la nourriture n'est pas empoisonnée?

À ces mots, Vic cracha immédiatement le morceau de pomme. Tail éclata de rire.

— Qu'est-ce qu'il y a de drôle?

— Toi. Si tu voyais ta tête. Tu peux continuer à manger, je suis certain que cette nourriture est bonne.

Tail ne pouvait confirmer qu'il n'y avait personne dans cette forêt. Eux non plus. Mais il savait que cet abri était là pour eux. Ils décidèrent de manger. Après tout, cela faisait très longtemps qu'ils n'avaient pas vraiment mangé et Tail était certain qu'il n'y avait pas de poison dans la nourriture. Rassasiés, ils allèrent dormir. La nuit fut très calme.

Un étrange bruit les réveilla. Un oiseau très bizarre était perché sur le toit de la cabane. Dès que Vic ouvrit les yeux, il demanda à Tail s'il avait eu une vision durant la nuit.

— Non. Pourquoi me demandes-tu cela?

— Hum! Juste au cas. Est-ce que tu crois que quelqu'un vit ici? poursuivit-il en examinant les lieux.

— Je ne sais pas, Vic, mais il est certain que quelqu'un a bâti cette cabane. Il n'y a aucun doute là-dessus, sauf que…

— Sauf que quoi? demanda Cat.

— Non, rien!

Tail pensa à l'histoire que ses amis lui avaient

racontée. Était-ce cette personne qui vivait ici ? Nul ne pouvait lui répondre. Cat s'était levée, prête à partir à la recherche d'Alexandra. Elle sortit, suivie des deux garçons, et c'est avec plaisir qu'ils constatèrent que les chevaux étaient toujours là. Ils se mirent rapidement en selle et partirent. Il faisait un froid glacial et le brouillard matinal n'avait pas complètement disparu.

Ils chevauchaient depuis quelque temps, lorsque Vic leur dit qu'il avait de nouveau l'impression qu'on les observait. Tail et Cat regardèrent autour d'eux et Tail vit la même âme que la veille. Elle avait l'air de vouloir converser avec lui. Cette fois, il se concentra afin de comprendre ce qu'elle disait.

— Tu la vois ? demanda Vic.

Tail lui fit signe de se taire, mais il insista et Tail dut hausser le ton pour qu'il se tienne tranquille. Vic comprit alors que l'âme tentait de communiquer avec Tail, qui était le seul à comprendre son langage.

— Sauve-la ! Je t'en prie, disait-elle.

— Mais qui ? demanda Tail

— Ma fille ! Tail, sauve ma fille.

— Comme connaissez-vous mon nom ?

— Je le sais tout simplement. Tu dois la sauver de cette forêt.

— Mais comment et qui êtes-vous ?

— Je suis Térésa, je suis...

Et elle lui raconta exactement la même histoire qu'Alexandra lui avait contée.

— Tu dois convaincre ma fille de te suivre, tu dois lui dire qu'elle retourne au château.

— Pourquoi m'écouterait-elle et, d'abord, comment puis-je la retrouver ?

— Tu la verras, Tail. Promets-moi de la ramener avec toi et je te conduirai à la petite Alexandra.

Tail pensa à son amie. Oui, il ferait n'importe quoi pour la retrouver. Il n'avait aucun doute à ce sujet.

— Oui, je vous en fais la promesse.

Jusqu'aux moindres détails, elle lui expliqua comment se rendre auprès d'Alexandra.

— Et pour votre fille, que dois-je faire ?

— C'est elle qui viendra à toi. Ne sois pas inquiet, elle ne te fera aucun mal lorsqu'elle t'abordera et, surtout, n'aie pas peur en la voyant…

L'âme avait disparu et Tail, qui voulait savoir pourquoi il ne fallait pas avoir peur, n'obtint pas de réponse. Quelques secondes s'écoulèrent avant que Cat le questionne.

— Alors, Tail, raconte-nous ce qu'elle t'a dit. Je sais que tu la comprenais, mais pas nous. Et d'ailleurs, toi non plus, nous ne te comprenions pas. Je ne sais pas dans quelle langue vous parliez, mais pour nous c'était incompréhensible.

— Tu veux dire comme la première fois où je t'ai rencontrée alors que je discutais avec les sages ?

— Oui ! C'est ça.

— Sincèrement, je ne me rends pas compte que je parle dans une autre langue. Elle m'a demandé de sauver sa fille, ajouta-t-il après un temps de réflexion.

— Quelle fille ?

— Tu veux dire la fille de la dame d'honneur ? demanda Vic.

— Oui.

— Cela signifie que l'histoire est donc véridique ? renchérit-il.

— Oui, c'est bien ça.

— Tu veux dire qu'elle te demande de sauver sa fille ? Mais elle va nous manger !

— Vic ! interpella Cat, en le fusillant du regard car elle trouvait qu'il exagérait.

— Non, Vic, sa fille ne mange pas les êtres humains, ne t'inquiète pas. Elle m'a dit qu'elle s'approcherait de nous, mais que jamais elle ne nous ferait du mal. Quant à l'histoire selon laquelle elle mange des humains, c'est complètement faux.

— Mais comment va-t-on savoir que c'est elle, et non pas une espèce de monstre ?

— Aucune idée, mais maintenant je sais comment aller à la recherche d'Alexandra.

— Comment ça, tu sais ? demanda Cat.

— En échange de ma promesse d'aider sa fille, elle m'a indiqué la direction à suivre pour retrouver Alexandra.

— Alors pas de temps à perdre, on fonce, conclut Cat avec un grand sourire à l'idée de revoir la petite fille.

Suivant les indications que l'âme lui avait données, Tail entraîna Cat et Vic sur de nouveaux chemins. Il ne pouvait s'empêcher de penser à cette inconnue que l'âme lui avait demandé de sauver.

— Tu es certain qu'elle ne t'a pas dit de quoi elle avait l'air, redemanda Vic pour la énième fois.

— Hum ! Attends, elle m'a en effet donné quelques précisions.

— Dis-nous lesquelles, s'impatienta Vic.

— Elle aurait environ 26 ans, serait assez grande, avec des cheveux bruns et de grands yeux bruns. Ah, j'oubliais, elle serait très belle et, hum, elle aurait aussi… quatre bras et trois jambes!

Sur ce, Tail éclata de rire et Cat en fit autant. Vic, qui pour ne rien perdre, écoutait attentivement chaque détail énuméré, finit par comprendre que Tail lui avait monté un bateau.

— Très drôle! Je suis mort de rire. Ha! Ha!

Reprenant son sérieux, Tail confia que l'âme ne lui avait donné aucun détail. Vic ne parlait plus. Il était en train de se faire tout un scénario sur cette personne. Tour à tour, il l'imagina énorme avec plein de poils partout, puis un peu plus belle, mais sans franchement y arriver. Il n'y avait rien à faire, cela se terminait toujours par une chose monstrueuse.

— Crois-tu qu'Alexandra est très loin d'ici? questionna Cat.

— Non, plus très loin. Selon les indications, nous devrions bientôt trouver un chemin à notre droite qui nous conduira vers la montagne.

— Et sa fille, comment la retrouvera-t-on?

— Aucune idée! Elle m'a dit que c'est elle qui nous approcherait.

— Penses-tu que c'est elle qui était sur le dragon volant ? poursuivit Cat.

— Honnêtement, j'en ai l'impression.

— Tail, dans combien de temps serons-nous auprès d'Alexandra ? demanda Vic qui n'avait pas entendu Cat lui poser la même question, perdu qu'il était dans ses réflexions cinématographiques.

— Avant le crépuscule.

— Oui ! À condition que nous n'ayons aucune surprise, lança Vic.

Cat ria. Elle imaginait très bien les scénarios que Vic était en train d'élaborer dans sa tête.

— Regarde, Tail, n'est-ce pas le chemin dont tu me parlais ? demanda-t-elle.

Tail examina les lieux, qui ressemblaient exactement à ceux que l'âme lui avait décrits. Tous les points de repère étaient bien là pour ne pas manquer le début du chemin.

— Oui, Cat. Regarde cet arbre en V, elle m'avait dit que je le retrouverais à cet endroit. Donc, nous sommes sur la bonne voie.

— Tail, est-ce que je peux avancer entre vous deux ?

— Il n'y a pas de problème, Vic. Je vais rester à l'arrière.

Cat et Tail savaient bien pourquoi Vic ne tenait pas à fermer la marche, car le dernier était toujours la première victime en cas d'incident. Cat puis Vic empruntèrent le sentier, suivis de Tail qui fermait la marche. Très vite, le chemin alla en se rétrécissant. Les arbres étaient tellement collés les uns sur les autres que tous durent se suivre à la file indienne. Ils étaient silencieux, visiblement préoccupés par les mêmes pensées. Cet étroit sentier était idéal pour une attaque. Ils seraient immédiatement pris au piège. Quelques secondes plus tard, on entendit des craquements dans les branches.

Tail reçut une petite flèche dans le cou et s'endormit immédiatement, sans même tomber de cheval. Une espèce d'humanoïde à la peau gluante de couleur grise se laissa descendre d'une branche et l'agrippa. Ni Cat ni Vic ne s'aperçurent de la disparition de Tail.

Tail fut hissé dans l'arbre, jeté sur des épaules et emporté inconscient jusqu'à un petit village construit dans les arbres à une hauteur inimaginable. Il y avait de petites cabanes qui se rejoignaient par de légères passerelles. C'est dans la plus grosse cabane que Tail, toujours endormi, fut conduit.

Pendant ce temps, à des centaines de mètres plus bas, les deux amis continuaient leur progression.

— Qu'est-ce que c'est que ce bruit ? demanda Cat.

— Aucune idée, répondit Vic en chuchotant.

Comme Tail ne disait rien, ils tournèrent la tête vers lui. Il n'y avait plus qu'un cheval sans cavalier ! Complètement affolé, Vic parla le premier :

— Que va-t-on faire sans lui ?

— On va le retrouver, Vic, on va le retrouver. Il faut d'abord pouvoir attraper son cheval, afin de ne pas le perdre. Nous devons chuchoter, car le moindre bruit pourrait être un indice.

Cat était en colère et Vic savait qu'il valait mieux ne pas la contrarier lorsqu'elle était fâchée.

Pour s'emparer de la bride du cheval de Tail, il fallait s'en approcher, mais le passage était trop étroit pour que Cat fasse tourner sa monture et revienne sur ses pas. Ils avancèrent jusqu'à trouver un endroit assez large pour manœuvrer. De toute façon, le cheval de Tail les suivait.

— On ne le trouvera jamais !

— Vic, ça suffit ! Avance !

Quelques instants plus tard, ils trouvèrent l'endroit parfait pour faire demi-tour et récupérer le cheval de leur ami.

— Tu sais, Vic, Tail a de la chance de t'avoir comme ami.

— Merci, c'est gentil, vous êtes mes meilleurs amis au monde. Qui peut bien l'avoir enlevé ? Crois-tu que ce pourrait être la fille de la dame d'honneur ?

— Je n'en suis pas certaine, car Tail disait qu'elle ne lui ferait aucun mal.

— Crois-tu alors que, si ce n'est pas elle, elle pourrait nous aider à le retrouver ?

— Peut-être, mais comment le lui demander ?

— Ben… en l'appelant !

— Mais, Vic, comment ? Nous ne connaissons même pas son nom, ni l'endroit où elle habite. Regarde là-bas au fond, c'est là que nous l'avons perdu. Si on y retourne, il faut laisser les chevaux et y aller à pied.

— Mais comment sais-tu qu'il faut aller à cet endroit ?

Cat tournait dans tous les sens afin de trouver un indice ou bien quelque chose qui lui indiquerait quelle direction prendre.

— C'est comme si Tail s'était volatilisé.

Vic n'avait pas tort. Pendant qu'il le cherchait avec Cat, Tail se réveillait à des lieues de là.

TAIL SE DEMANDA où il pouvait bien être. Il regarda autour de lui et, assis sur une chaise, il vit quelqu'un de dos. Il l'examina pendant quelques instants, puis lui adressa la parole.

— Excusez-moi, où suis-je ?

Pas de réponse

Tail insista :

— Pourriez-vous me dire où suis-je ?

— Tu es à Maléfia.

— Où ça ?

— Aurais-tu des problèmes avec tes oreilles ?

— Non, c'est que j'étais dans la forêt maléfique, il n'y a pas longtemps. Comment ai-je pu changer d'endroit en si peu de temps ? Et où sont mes amis ?

— La forêt maléfique n'existe pas. Ici, c'est Maléfia et tes amis, ils sont restés en bas.

Tail ignorait qu'il était à des centaines de mètres plus haut, perché dans des arbres, sur une montagne.

— Puis-je les voir? demanda-t-il à la personne qui ne s'était toujours pas retournée.

— Si tu y tiens, tu peux. Personne ne te retient à ce que je sache!

Tail se leva et se dirigea vers la porte qu'il ouvrit. À son grand étonnement, il remarqua que dehors, il n'y avait pas de sol. Il était dans les arbres. Des personnes, dont il se demandait qu'elle pouvait être l'origine, le dévisageaient en cachette. Elles avaient toutes une peau de couleur grise et tellement brillante qu'elle ressemblait à de la glu. Tous étaient très grands et minces. Les hommes étaient vêtus d'un caleçon couverture et les femmes avaient une robe couverture. Les cabanes construites dans les arbres étaient reliées par des passerelles, c'était très original. Tail ferma la porte et retourna à l'intérieur. Son interlocuteur était toujours assis.

— Vous m'avez dit qu'ils étaient en bas, mais il n'y a rien. Pourquoi m'avoir menti?

— Non, je ne t'ai pas menti, c'est que nous sommes

à des centaines de mètres d'eux. Je t'ai dit la vérité, ils sont vraiment en bas !

Tail pensa à ses amis. Étaient-ils en danger ? Et la petite Alexandra qu'il devait sauver, allait-elle mourir ?

— Je dois m'en aller.

— Libre à toi.

— Je sais très bien que je ne peux partir seul de cet endroit. Dites-moi pourquoi vous m'avez emmené ici ? Vous devez avoir une bonne raison.

— Enfin, tu commences à réfléchir.

— Que me voulez-vous ? Il est évident que vous ne voulez pas me tuer ni me manger. Alors, dites-moi.

— Qu'est-ce qui te dit que je ne te tuerai pas ?

— Vous l'auriez déjà fait. Vous n'auriez pas pris la peine de m'amener jusqu'ici, je ne suis pas stupide.

— Effectivement. Vois-tu, j'ai besoin de toi.

— Vous avez besoin de moi ! Et pourquoi de moi ?

— Parce que tu es l'élu, pardi !

— Oh ! Non, pas encore ! Et d'abord, pourquoi ne me regardez-vous pas lorsque vous me parlez ?

— Je ne veux pas t'effrayer.

— M'effrayer! Croyez-moi, plus rien ne me surprend depuis que j'ai quitté l'orphelinat.

Tail continuait de lui parler lorsqu'il aperçut un masque de cuir accroché au mur. Pourquoi un masque, se demanda-t-il? Comme si son interlocuteur avait senti que Tail regardait le masque, il lui dit :

— Je peux le mettre si tu préfères.

— De quoi parlez-vous?

— Du masque que tu es en train de regarder! De quoi penses-tu que je parlais?

— Non, je vous l'ai dit, plus rien ne me surprend désormais. Alors je ne vois pas la nécessité que vous le portiez.

Tail avait bien remarqué les gens qui l'observaient en cachette lorsqu'il était apparu à la porte. Ils étaient d'une origine inconnue, mais cela ne l'avait pas effrayé pour autant. Il s'attendait donc à voir ici la même chose, mais à sa grande surprise ce ne fut pas le cas.

Lorsque la personne décida enfin de se retourner, elle s'arrêta à mi-chemin, laissant seulement voir un côté de son visage… qui était celui d'une magnifique jeune fille aux cheveux mi-longs. Elle devait avoir une vingtaine d'années.

— Mais de quoi parliez-vous ? Vous n'avez pas besoin d'un masque. Vous êtes…

Tail s'interrompit immédiatement, car elle lui faisait maintenant face. L'autre moitié de son visage était horriblement défigurée et, à l'état de son bras droit, on pouvait aisément comprendre qu'elle avait été attaquée par quelque chose. Tail était bouleversé et la jeune fille le remarqua. Elle avait un regard triste.

— Je suis désolé pour vous.

— Non, ce n'est pas grave. Au moins, tu n'as pas crié et tu es toujours là. Tu sais, j'ai essayé à quelques reprises de m'approcher des gens, mais ils étaient pris de panique lorsqu'ils me voyaient. Alors, je ne me montrais plus. Puis ils ont disparu dans la forêt. Je ne les ai jamais revus.

— Que s'est-il passé ?

— Rien d'intéressant.

Tail comprit qu'elle ne voulait pas entamer une discussion sur ce sujet.

— Mais si tu préfères, je peux mettre mon masque.

— Pourquoi ? Pour cacher ces petites cicatrices ? Non, cela ne me dérange pas du tout. Maintenant, expliquez-moi pourquoi je suis ici. Et pourquoi avez-vous laissé mes amis seuls ?

— Ne sois pas inquiet pour tes amis, ils ne sont pas seuls, les Maléfiens les surveillent.

— Vous voulez dire qu'ils les ont fait prisonniers ?

— Non, ils sont toujours en bas en train de te rechercher et les Maléfiens veillent sur eux pour qu'il ne leur arrive aucun mal. D'ailleurs, tes amis n'ont même pas remarqué leur présence.

— Mais qui sont ces personnes ? Pourquoi vivez-vous ici et pourquoi ne pas avoir capturé mes amis en même temps que moi ?

— Tu me poses beaucoup de questions en peu de temps. Sois patient, je vais tout t'expliquer.

— Je suis désolé, mais je n'ai pas le temps, je ne peux pas rester, je dois trouver Alexandra. Elle est si petite et le dragon qui l'a enlevée…

Elle lui coupa la parole.

— Oui, je sais ! Mais si tu veux bien me laisser parler, tu vas mieux comprendre ce qui se passe et je pourrais peut-être t'aider. Suis-moi, dit-elle en invitant Tail à venir près de la fenêtre.

— Tu vois cette forêt, il y a bien longtemps, elle était splendide.

— Vraiment ? laissa-t-il entendre.

Elle le regarda et lui sourit. Elle comprenait très bien qu'il soit difficile pour Tail d'imaginer pareille chose devant la désolation actuelle des arbres.

— Ce n'est pas une forêt maléfique, comme tu le dis. Son nom est la forêt Maléfia. Un jour, un sorcier l'a rendue maléfique. Il lui a jeté un sort afin qu'elle reste dans la noirceur pour toujours.

— Un sorcier ? Pour quelle raison a-t-il fait cela ?

— L'histoire dit qu'il était le grand sorcier du roi de Glensdall House…

— Le roi de Glensdall House ?

Elle le regarda avec un petit sourire.

— Si tu veux bien me laisser finir mes phrases, ce serait plus facile de t'expliquer !

Tail lui rendit son sourire. Il avait compris qu'il devait se taire.

— Le roi de Glensdall House régnait ici, il y a des centaines d'années. Cette forêt n'était pas du tout maléfique, comme les gens le prétendent aujourd'hui. Elle s'appelait vraiment Maléfia. Et le roi, au lieu d'être entouré de sages, avait un sorcier.

L'ennui est que ce dernier voulait prendre la place du roi. Ce fou croyait que les hommes de la garde seraient de son côté, mais il avait tort. Des chevaliers avertirent le roi, qui s'aperçut rapidement de toutes les manigances de son sorcier. Il le fit arrêter, puis enfermer dans le cachot de son château. Mais on n'enferme pas un sorcier! Il réussit facilement à disparaître de sa geôle et il jeta ensuite un sort sur le château, qui disparut comme par magie, avant de s'en prendre à la forêt, qu'il a plongée dans la noirceur à tout jamais. C'est ainsi que, petit à petit, les arbres et tout ce qu'on trouvait ici ont perdu la vie.

— Mais où est le château?

— Malheureusement, personne ne le sait.

— Et le sorcier?

— On dit qu'il est caché de l'autre côté de la grotte du dragon à deux têtes, où se trouve un autre monde.

— Un autre monde? Et c'est ce dragon qui a enlevé Alexandra.

— Exactement.

— Est-ce que c'est lui qui a fait cela?

— Si tu parles de la petite fille, non, je ne crois pas. Le dragon n'est pas un mangeur d'hommes. Je pense qu'il a pris la petite pour son enfant.

— Êtes-vous certaine qu'il ne lui fera aucun mal?

Elle en était certaine et se souvenait que, plus

jeune, le dragon n'avait jamais tenté de lui faire quoi que ce soit. Mais elle ne l'avait jamais réellement approché, car il lui avait fait sentir qu'il n'y tenait pas.

— Quelqu'un a-t-il essayé de retrouver ce sorcier? Et où sont le roi et les gens du château?

— Le jour de la disparition du sorcier, toutes les personnes qui se trouvaient à l'intérieur du château ont aussi disparu.

— Comment peut-on faire ainsi disparaître un château avec ses habitants? Et quel rapport cela a-t-il avec moi?

— Seul l'élu peut entrer dans cet autre monde pour tuer le sorcier et mettre ainsi un terme aux sortilèges qu'il a jetés. Regarde-moi : j'ai essayé et j'ai failli y laisser ma vie. J'ai été attaquée par un monstre géant qui avait plusieurs têtes et plusieurs mains. Crois-moi, le petit dragon à deux têtes qui a enlevé Alexandra est un enfant de chœur en comparaison!

— Donc, selon vous, si j'essaie, je vais réussir à tout coup. Je crois que cela ne va pas bien dans votre tête, Mademoiselle! Avez-vous vu notre différence de taille? Vous êtes plus grande que moi et vous avez échoué! Quant au « petit dragon » comme vous dites, je vous rappelle qu'il a bien failli me tuer!

Elle regarda Tail et comprenait très bien qu'il soit inquiet.

— Je sais, Tail, que cela peut paraître ridicule, mais c'est toi qui a le pouvoir de sauver ces gens.

— Moi qui n'ai même pas pu sauver Alexandra de ce dragon, vous me dites que j'ai le pouvoir de sauver ces gens. Vous rêvez!

— Non, je ne rêve pas. Ton problème, Tail, est que tu n'as pas confiance en toi et, tant que tu ne croiras pas que tu es l'élu, tes pouvoirs ne pourront être utilisés à pleine capacité.

— Comment voulez-vous que je crois une chose pareille? Je suis trop jeune pour ça. Regardez, il y a des chevaliers qui auraient pu l'être.

Tail pensait naturellement à Marcuse.

— C'est ainsi, Tail. Regarde-moi. Pourquoi suis-je ici? Certains disent que ma mère m'aurait eu ici, dans cette forêt, mais je n'ai aucune idée pourquoi elle m'y a laissée.

— Oui, je sais.

ELLE SE RETOURNA immédiatement pour le questionner.

— Comment ça, tu sais ?

— Je connais votre histoire et ce n'est pas tout : j'ai même récemment parlé avec votre mère.

— Hein ?

Elle le regarda avec de grands yeux et Tail ne savait pas si elle était heureuse ou, au contraire, fâchée.

— Ne t'arrête pas ainsi, Tail, explique-toi.

Tail lui raconta toute l'histoire, depuis le début jusqu'au jour où il avait parlé à sa mère. Elle lui confirma qu'elle connaissait ce récit, car les gens qu'il avait vus étaient ceux qui l'avaient recueillie et ils lui avaient conté l'histoire de l'élu.

— Tu vois, Tail, tu peux parler aux âmes. Moi, tout ce que j'ai réussi à faire, c'est de dresser des gentils dragons.

— Des gentils dragons ? Vous voulez dire que vous avez des dragons ! Et c'est vous qui nous surveillez ?

— Eh oui !

— Et vous n'avez pas vu que nous étions attaqués par le dragon à deux têtes ?

— Non, Tail, sinon je vous aurais aidés. Mais cela veut dire que j'ai une demi-sœur, c'est bien ça, Tail ?

— Oui, elle s'appelle Isabella et elle est désormais la souveraine d'Harpie, depuis la mort du roi Dartapie, son père. Quant à Alexandra que je dois retrouver, c'est sa fille.

— Cela signifie que cette petite fille est ma nièce ?

— Oui ! Au fait, vous ne m'avez toujours pas dit votre nom.

— Les gens d'ici m'ont prénommée Joanya. Et puis, pourrais-tu arrêter de me vouvoyer, je ne suis pas si vieille !

— J'aimerais savoir pourquoi ils ont la peau grise et gluante ?

— Je ne peux pas te répondre, je les ai toujours vus ainsi.

— Très bien. Nous devons élaborer un plan pour libérer Alexandra et retrouver ce sorcier.

Elle regarda Tail qui paraissait inquiet.

— Tail, tu dois reprendre confiance en toi.

Tail savait qu'elle avait raison, il devait avoir confiance en lui.

— Je vais t'aider de mon mieux.

De l'extérieur leur parvinrent alors des cris :

— Lâchez-moi ! Lâchez-moi ! Vous allez voir, si mon ami vous trouve, il est l'élu, et il vous tuera !

Eh oui, c'était ce cher Vic. Cat fut la première à voir Tail. Immédiatement Vic arrêta de hurler et regarda son ami. Comme il était heureux de le retrouver !

— Hé ! Hé ! fit-il, un peu gêné que Tail l'ait entendu dire qu'il allait les tuer.

Après la joie des retrouvailles, Tail leur expliqua la situation et leur présenta Joanya. Vic la regarda fixement. Il ne la connaissait pas, mais il avait de la peine pour elle.

— Alors, c'était bien vrai cette histoire, lui demanda-t-il.

— Oui. Mais ne t'inquiète pas, je ne mange personne !

— Tu es donc la sœur de la princesse Isabella et la tante d'Alexandra.

— Oui. C'est ce que Tail m'a expliqué.

— Était-ce toi qui étais sur ce dragon ?

— Oui, Vic, tu as encore raison.

— Comment as-tu fait pour le dresser et où est-il caché ? demanda Vic avec curiosité.

Joanya se retourna, siffla entre ses doigts et quelques secondes plus tard, il se posait devant eux. Il était magnifique, paré de poils de couleur beige. On aurait dit une énorme peluche. Tous le regardaient, ébahis. Il avait l'air gentil.

— C'est bizarre, mais il ne ressemble pas à celui que nous avons vu, fit remarquer Vic.

— Je suis du même avis que toi, confirma Cat. Mais qu'est-ce qu'il est beau !

On aurait dit que le dragon les avait entendus. Il se pavana et leur adressa un immense sourire. Tail regarda Joanya, puis le dragon pendant un instant. Il se doutait que le dragon pouvait parler, mais il ne savait pas comment s'y prendre pour le faire parler. Il décida de s'approcher du dragon, posa une main sur son dos et lui dit :

— Bon, tu vas nous aider à retrouver Alexandra, n'est-ce pas ?

Vic interpella Tail avec un sourire :

— Tu crois que ce dragon va te répondre !

— Je ne crois pas, j'en suis certain ! N'est-ce pas Carnastare ?

Joanya regarda Tail et sut en un éclair que Tail était bien l'élu. Qui sinon l'élu aurait pu savoir que Carnastare pouvait parler ? D'une grosse voix à la fois grave et douce, le dragon lui répondit :

— Oui ! Cela va me faire plaisir Tail de t'aider à retrouver la petite Alexandra.

— Comment as-tu su qu'il pouvait parler ? demanda Vic.

Carnastare retourna sa grosse tête vers Vic, puis vers Tail afin d'entendre sa réponse.

— Je ne sais trop. Quelque chose me disait qu'il s'appelait Carnastare et qu'il parlait. Et qu'il est là pour moi et pour nous aider, ajouta Tail caressant Carnastare.

— Mais tu te trompes, Tail, c'est le dragon de Joanya, intervint Cat.

Au même instant, Joanya émit un sifflement, légèrement différent du précédent. On vit alors un nouveau dragon apparaître. Il ressemblait trait pour trait à celui qu'ils avaient vu dans le ciel.

— Tail ne se trompe pas, Cat. Je vous présente Chaby. C'est le mien.

— Regardez, il a la queue d'un lion comme l'avait fait remarquer Alexandra, souligna Vic.

Chaby avançait vers Cat, qui n'osa plus dire un mot. Cependant, quelque chose n'allait pas. Tail remarqua son air un peu triste et lui demanda ce qu'elle avait. Elle lui fit signe que tout était correct, mais au fond d'elle-même, elle n'en était pas certaine. Elle voyait que Joanya avait un dragon ainsi que Tail, mais qu'allait-elle devenir avec Vic s'ils décidaient de partir ? Elle ne voulait pas rester ici à les attendre. Il en était hors de question. C'est Joanya qui la sortit de ses pensées en prenant la parole.

— Dis-moi, Vic, comment trouves-tu les dragons ?

— Bof, je ne m'imagine pas en diriger un !

— C'est pourtant exactement ce qui va se passer !

Vic ne s'attendait pas à cette réponse. Une fois de plus, Joanya siffla entre ses doigts et un plus gros dragon apparut. Il était blanc comme la neige et, à voir sa tête, quelque chose laissait penser qu'il s'agissait d'une femelle.

— Je vous présente Tootsya.

Le dragon se dirigea immédiatement vers Cat et se mit à lui parler.

— Bonjour Cat, comment vas-tu ?

Cat eut un immense sourire, elle venait de comprendre que ce dragon était pour elle et que Joanya ne l'avait pas oubliée.

— Merci, Joanya ! dit-elle, avant de saluer à son tour le dragon blanc et d'entamer une conversation avec lui.

Quant à Vic, il regarda Tail pour lui faire comprendre d'un geste qu'il ne désirait pas recevoir un dragon.

— Bon, maintenant, c'est au tour de Vic, annonça Joanya.

— Tu sais, je ne suis pas obligé comme vous d'avoir un dragon. Je comprendrais très bien que tu n'en aies plus ! Il n'y pas de problème pour moi. Et d'ailleurs, comment pourrais-tu en avoir quatre ?

Joanya lui sourit.

— J'ai bien compris, Vic, que tu n'aimerais pas monter sur un dragon. C'est correct, tu sais, il n'y a aucun mal à cela. Mais comme nous allons tous voler, il est naturel que toi aussi tu aies un animal pour nous suivre.

— Je t'assure, ne te sens pas obligée de me donner un dragon, répondit Vic, qui espérait bien qu'il n'en restât plus.

Vic s'attendait à ce qu'elle émette un sifflement, mais à son grand étonnement, elle ne fit rien. Elle lui dit simplement :

— Vic, je te présente Violetasse, en l'invitant à regarder derrière lui.

Vic se retourna et vit un immense oiseau bleu, avec de longues pattes orangées et un bec pointu orangé, qui lui fit un clin d'œil. Heureux de voir que ce n'était pas un dragon, Vic laissa éclater sa joie :

— Un oiseau ! Qu'il est beau !

Puis se retournant vers les dragons, il ajouta :

— Ce n'est pas que je ne vous aime pas, vous savez, mais les oiseaux…

Les dragons savaient bien que Vic éprouvait une peur bleue à leur égard. Ils lui répondirent qu'ils le comprenaient…

Sur ce, Vic se dirigea vers Violetasse pour les présentations d'usage. Il tomba immédiatement en amour avec son nouvel ami. Il se mit à le caresser. Il était très doux au toucher. « J'ai l'impression de toucher un gros flocon de neige », dit-il à l'oreille de l'oiseau avec un immense sourire.

Après que chacun eut fait connaissance avec son nouveau coéquipier qui le transporterait jusqu'au repaire du dragon à deux têtes, ils se mirent à discuter de la tactique à adopter pour récupérer Alexandra. Joanya proposa un plan.

— Il est évident qu'en reprenant Alexandra, le dragon nous pourchassera immédiatement. Pendant qu'il nous poursuivra, tu en profiteras, Tail, pour entrer dans l'autre monde. Nous devons donc former deux équipes afin que quelqu'un t'accompagne et que les autres reviennent ici avec Alexandra.

— N'est-il pas possible de rester ensemble? On pourrait ramener Alexandra ici, pour qu'elle soit à l'abri, et ensuite repartir, suggéra Cat.

— C'est possible, mais cela nécessiterait une journée de plus, parce qu'on ne pourrait pas retourner immédiatement là-bas. Déjà que nous aurons du mal à semer le dragon, après lui avoir repris ce qu'il croit être son bien, il ne faut pas qu'il nous revoit de la journée. Sans compter qu'il est hors de question qu'il découvre nos cachettes. Cet endroit est secret. Il est donc impossible de revenir ici avant une journée ou plus.

— Tu sais, Cat, cela fait déjà quelque temps que nous sommes ici et nous n'avons pas réellement avancé. Si je réussis à entrer dans l'autre monde en passant par la grotte, alors cette forêt redeviendra aussi belle qu'à l'origine et lorsque je vous retrouverai, nous pourrons regagner le château sans danger, souligna Tail.

— Bien. Dans ce cas, Vic et Joanya s'occuperont d'Alexandra, car Joanya connaît cette forêt comme sa poche et saura semer le monstre à deux têtes, et moi je t'accompagnerai. Et pas question de discuter avec moi.

Tail connaissait suffisamment Cat pour savoir qu'elle ne changerait pas d'idée. Vic approuva la décision.

— Elle a raison, Tail! Joanya connaît cette forêt

comme personne. Elle n'a pas besoin de nous pour semer ce dragon, nous serions plutôt une nuisance dans sa fuite avec Alexandra. Donc, moi aussi, je vous accompagne.

Tous restèrent bouche bée. Ils venaient de recevoir un choc de la part de Vic. Tail se demanda qu'elle serait la meilleure solution. Vic l'étonnait en se portant volontaire pour aller dans l'autre monde. Il n'eut pas le temps de se poser davantage de questions, Joanya venant de prendre la parole.

— Écoutez-moi. Je vais m'occuper de ma nièce pendant que vous irez pourchasser le sorcier. Mais je ne peux pas vous dire ce qui se passera, seul l'élu connaît l'issue.

— Ah, bon ? remarqua Vic, plus tout à fait certain de vouloir y aller. Mais après réflexion, il ne pouvait laisser aller ses amis seuls.

Comme Tail perçut le doute de Vic, il lui dit :

— Tu peux rester ici, Vic, si tu le désires. Cela n'est pas grave, nous comprendrons.

— Non ! Pas du tout. J'ai dit que je vous accompagnerais et je le ferai. Quand partons-nous ? Il ne faut pas laisser Alexandra passer une nouvelle nuit avec le dragon.

TAIL ÉTAIT DE PLUS EN PLUS surpris par l'attitude de Vic. Était-ce cet oiseau qui le rendait plus confiant ? Il avait raison, Alexandra ne devait pas rester une nuit de plus avec ce dragon. Ils discutèrent de la meilleure façon de procéder, puis se préparèrent. Tail avait confectionné différentes potions avec les ingrédients que les Maléfiens avaient trouvés à sa demande et il les remercia chaleureusement pour leur aide. Puis il rejoignit ses amis et leur dit :

— Ça y est, je suis prêt.

— Moi aussi, répondit Cat.

— Pareillement, ajouta Vic.

Cat s'approcha de Vic.

— Tu es certain de vouloir nous accompagner.

— Oui, Cat. Ne t'inquiète pas pour moi.

— Bien, alors, tout le monde en selle !

Chacun grimpa sur son animal attitré et quelques minutes plus tard, ils prirent leur envol.

Ils volèrent très haut dans le ciel jusqu'à ce que Joanya leur fasse signe de descendre. Arrivés au sol, ils se rassemblèrent en silence autour de Joanya.

— Nous y sommes ! annonça-t-elle.

— Regardez ! Elle est là. Tu la vois, Tail ? demanda Vic.

— Oui, je la vois, répondit-il en chuchotant.

Alexandra était assise dans un nid énorme et conversait avec le dragon. C'était comme s'il la comprenait. On ne parvenait pas à entendre ce qu'elle lui disait, car elle était encore trop loin, mais à voir sa petite frimousse on devinait qu'elle lui parlait avec sérieux et qu'il l'écoutait.

— Ouf ! Elle est toujours vivante, laissa entendre Cat.

— Oui et elle a l'air d'avoir un nouvel ami, fit remarquer Vic.

— Tu crois ? interrogea Tail. Dans ce cas, tu pourrais aller lui annoncer que nous sommes arrivés. Son ami ne nous fera aucun mal.

— T'es malade, je ne suis pas fou ! Si tu ne te souviens pas de ce qu'il nous a fait, eh bien, moi, je m'en rappelle!

— C'était une blague, Vic. Il est évident qu'il ne nous laissera pas repartir avec elle. Je n'ai aucune idée de ce qu'il veut d'elle mais, chose certaine, ce n'est pas à Alexandra qu'il fera du mal.

— Regardez-la, on dirait qu'elle est en train de le chicaner, vous ne trouvez pas? souligna Cat.

Tous eurent un petit sourire. Alexandra avait en effet l'air d'être très fâchée contre le dragon.

— Est-ce qu'un dragon dort le jour ou la nuit? s'enquit Vic.

— Je n'en ai aucune idée. Pourquoi? demanda Cat.

— Il serait préférable de la récupérer pendant qu'il dort. Non?

— Oui, tu as raison Vic. Ou encore lorsqu'il partira chercher quelque chose à manger. Pour l'instant, nous devons attendre et ne pas se faire voir.

Tous partageaient le point de vue de Joanya. Il n'était pas question de se montrer. Les heures s'égrainèrent sans que le monstre ne bouge. La nuit était déjà très avancée.

— Est-ce qu'il va se décider à partir un jour celui-là? demanda Vic.

— Sûrement. Je suppose qu'il attend qu'Alexandra

soit complètement endormie pour être certain qu'elle ne se sauve pas, confia Tail.

— C'est pourtant évident qu'elle dort. On peut la voir d'ici, argua Vic.

— Sois patient, Vic!

Cat avait à peine prononcé ces mots qu'on vit le dragon s'éloigner d'Alexandra sans faire le moindre bruit. Il s'élança et disparut dans le ciel.

— Maintenant, ordonna Tail, qui invita ses amis à remonter sur leur animal pour rejoindre le nid au plus vite.

Le bruit des montures réveilla Alexandra. Les yeux encore chargés de sommeil, elle aperçut ses amis. Curpy qui avait vu Tail se précipita dans ses bras. Il se frottait contre lui, tant il était heureux qu'il les ait retrouvés.

— Tail, Cat, Vic, vous êtes là! Mais qui est celle-là? demanda-t-elle en désignant Joanya.

— Alexandra, nous n'avons pas le temps de t'expliquer. Tu dois monter sur le dragon de Joanya et partir d'ici au plus vite avec elle. Elle te racontera tout. Nous nous retrouverons plus tard. Pour l'instant, nous devons rester ici pour accomplir une autre mission, lui dit Tail.

Alexandra était toute déboussolée. Que se passait-il ?

— Non ! Il n'est plus question que je vous quitte. T'as compris Tail ? Plus question, affirma-t-elle, les poings sur les hanches pour mieux appuyer sa position.

Joanya, qui surveillait le ciel, inquiète de voir surgir le dragon, lui dit :

— Allez, ne t'en fais pas, viens avec moi.

— Non. Je vous ai dit que je ne vous laisserai pas ! Avez-vous compris ?

— Oh, non, il revient ! Trop tard ! Entrez tous dans la caverne ! Allez, entrez ! leur enjoignit Joanya qui voyait le dragon revenir à toute allure.

Il n'était plus temps de tergiverser, il fallait se mettre à l'abri. À tour de rôle, ils pénétrèrent dans la caverne qui jouxtait le nid. Quelques instants plus tard, ils entendirent le dragon rugir de colère, puis partir à la recherche d'Alexandra.

— Ouf ! On l'a échappé belle, dit Vic.

— Oui ! approuva Cat. Mais maintenant Joanya est prise ici avec nous.

Cette dernière n'eut pas le temps de répondre qu'on entendit la petite voix d'Alexandra.

— Excuse-moi, je ne sais pas qui tu es. Je suis désolée de t'avoir fait cela.

Joanya la regarda et se dit : « Comment pourrais-je être fâchée contre toi ? Tu es ma nièce après tout », puis elle choisit de lui répondre :

— Cela n'est pas grave, ne t'inquiète pas.

Tail savait très bien que cela n'était pas le cas, que cet endroit lui rappelait de mauvais souvenir, mais il était préférable de ne rien dire.

Ils cessèrent de parler. On n'entendit plus que leur respiration et le bruissement de milliers de chauves-souris. Dans la profonde noirceur, ils avançaient à tâtons, frôlant d'immenses toiles d'araignée. Il était évident que personne n'était passée par ici depuis belle lurette. Puis soudain, ils eurent l'impression de traverser un mur invisible qui les aspira.

— Qu'est-ce que c'est que ça ? vociféra Vic.

Personne n'eut le temps de lui répondre, car tous se retrouvèrent dans un autre monde, rempli de fleurs. Contrairement à la forêt, où ils étaient encore quelques minutes auparavant, tous les arbres avaient des feuilles, on attendait les cris des petits animaux et le chant des oiseaux. Le soleil brillait si fort qu'ils peinaient à garder leurs yeux ouverts.

— Mais où sommes-nous ? demanda Alexandra qui tenait Curpy dans ses bras.

— Dans le monde du sorcier, lui répondit Joanya. Dis-moi Alexandra, que tiens-tu contre toi ?

— C'est Curpy, le furet de Tail. Curpy, je te présente Joanya et Joanya, je te présente Curpy.

— Je suis enchantée de te connaître, Curpy, tu es très beau.

— Mais de quel sorcier parles-tu ? demanda Alexandra.

Cat raconta à Alexandra tous les évènements qui s'étaient déroulés depuis son enlèvement par le dragon à deux têtes et la raison pour laquelle ils étaient tous ici.

— Donc, mon histoire était vraie ! Comme ça Joanya, tu es ma tante ? Et tu es la cousine de Tail.

— Sauf que je ne mange pas les êtres humains, Alexandra. Je mange la même chose que toi ! Mais qu'as-tu dis à propos de Tail, il serait quoi ? demanda Joanya.

— Tail ne t'a rien dit ? Il est de la famille, lui aussi.

Et Alexandra lui raconta l'histoire de Tail. Mais Joanya cessa de l'écouter. Elle se demandait pourquoi Tail ne lui avait rien dit de leur lien de parenté. Alexandra la sortit de ses réflexions.

— Où est le monstre qui t'a attaquée ?

— Je ne sais pas, mais il va nous rendre visite avant peu. Je ne suis jamais venue jusqu'ici, parce qu'il m'avait attendue à l'entrée.

Puis elle se tut, chacun ayant compris qu'elle se remémorait la scène cruelle avec le monstre et les dangers qu'elle avait courus.

Depuis plusieurs minutes, personne ne disait un mot. Tous contemplaient le paysage idyllique qui s'offrait à leur yeux ébahis.

— Comment est-ce possible ? se demanda Tail.

— De quoi parles-tu ? l'interrogea Cat.

— Il y a quelques instants, nous étions dans la forêt. Qui aurait pu imaginer qu'à quelques pas de là se trouvait cet endroit magnifique !

— Ne parle pas trop vite, Tail. Crois-tu vraiment que ce fou de sorcier va nous laisser pénétrer dans son royaume sans faire quoi que ce soit ? Il sait très bien que nous sommes ici. Il a une longueur d'avance sur nous : il sait où nous sommes, mais nous ne savons pas où il est.

— Tu penses qu'il nous observe ? demanda Vic.

— J'en suis certaine.

— Alors, nous devons nous faire très discrets. Malheureusement, je crois que nous devrons vous laisser ici, dit Tail en caressant Carnastare.

Le dragon regarda Tail et lui dit :

— En es-tu certain, Tail ? Ne serait-il pas préférable que nous vous accompagnions ?

— Tu as raison, mais nous serions immédiatement repérés. Si tu restes ici avec Chaby, Tootsya et Violetasse, vous serez en sécurité et nous, nous passerons inaperçus.

Les dragons et l'oiseau acceptèrent la proposition de Tail et décidèrent de les attendre.

Vic avait de la peine à l'idée de quitter son nouvel ami, qui le rassurait. Mais il devait se rendre à l'évidence que la présence de ces énormes animaux n'était pas des plus discrète.

Après les avoir cachés sous de grands arbres feuillus, puis salués, le groupe partit à pied à la recherche du sorcier.

À PEINE AVAIENT-ILS ENTAMÉ leur progression que le monstre tant attendu apparut. Il était énorme. Son poil était si court qu'on ne parvenait pas à voir s'il s'agissait vraiment de poils ou si c'était sa peau qui était sale. Il avait cinq têtes, qui ressemblaient à celles des serpents mais avec des oreilles en plus, et l'une d'elles portait la marque de la blessure que Joanya lui avait infligée. Outre ses six bras, dont deux de chaque côté et une paire au centre de son corps volumineux, ses jambes étaient énormes et arquées au point que sa démarche rappelait celle d'un gorille. Bref, il était d'une laideur repoussante.

Tous étaient cloués sur place d'effroi. Le monstre en profita pour capturer Alexandra. Il la secoua violemment; elle hurla immédiatement. Tail et ses amis se lancèrent à l'assaut, attaquant le monstre de toutes parts. Il se débarrassa d'Alexandra, en la projetant vers le sol, pour être plus libre de ses mouvements et répliquer à ses assaillants. Alexandra chuta lourdement et sa tête heurta une roche. Elle s'évanouit. Vic se précipita vers elle pour tenter de lui faire reprendre conscience.

Furieux, Tail redoubla ses attaques. Il avait beau mettre toutes ses forces dans la bataille, le monstre lui rendait ses coups sans arrêt, mais ni Tail ni ses amies ne lâchaient prise.

Joanya intima à Tail de viser le cœur. Comme Cat, elle venait de se faire piéger par le monstre, qui serrait son corps entre ses deux mains. Heureusement ses bras n'étaient pas emprisonnés par le monstre et comme elle tenait toujours son énorme bâton fermement, elle continua de lui asséner des coups. Même si le sang giclait de partout, preuve que le monstre était blessé, et que les coups ne cessaient de pleuvoir sur ses têtes, rien n'y faisait, il ne desserrait pas son étreinte.

Cat, elle aussi prisonnière d'une autre paire de bras, enfonçait sans arrêt son épée dans la peau du monstre.

À terre, Tail ne parvenait pas à viser le cœur comme Joanya le lui avait demandé. Le monstre était beaucoup trop grand pour que Tail puisse l'atteindre. Il changea alors de tactique et se mit à crier :

— Regarde-moi, grand imbécile, c'est moi qui te frappe ! Attrape-moi, espèce de fou ! Coucou, je suis là.

Tail le frappait à coups d'épée sans relâche et criait de toutes ses forces. Tous espéraient qu'ainsi le monstre abandonnerait les deux filles, pour se concentrer sur Tail et l'empoigner. C'est ce qui finit par se produire, après moult vociférations et coups d'épée violents. Le monstre lâcha enfin ses prises et s'empara de Tail avec la paire de bras qu'il avait au centre de son corps. C'est exactement ce que Tail souhaitait.

Rassemblant toute son énergie, Tail lui transperça le cœur à plusieurs reprises et de terribles hurlements de douleur se firent entendre, jusqu'à ce que le monstre s'effondre sur le sol. Toujours prisonnier entre ses mains, Tail n'arrêtait pas de lui enfoncer son épée dans le cœur. Il avait recouvré une force incroyable et ne pouvait plus s'arrêter. Encore quelques assauts et Tail se laissa tomber, épuisé.

À peine libérée, Cat s'était immédiatement dirigée

vers Alexandra, qui était toujours inconsciente. Vic, qui la tenait dans ses bras, était effondré.

— Alexandra ! Alexandra ! Réveille-toi ! disait-elle en la secouant.

Cat éclata en sanglots. Elle prit Alexandra dans ses bras et la berça. Curpy la regarda sans pourvoir faire quoi que ce soit. Il se frottait contre elle afin quelle se réveille, mais rien n'y faisait.

Tail et Joanya, qui l'avait aidée à se dégager des bras du monstre, arrivèrent en courant.

— Tail, fais quelque chose ! C'est toi l'élu, sauve-la, je t'en prie, suppliait Cat.

Tail souleva Alexandra et, comme un somnambule, la conduisit plus loin. Il l'allongea sur l'herbe, puis invoqua les grands dieux. Ce rituel, qui dura plus d'une heure, apparut comme une éternité à ses amis.

Tail parlait dans une autre langue. Le soleil disparut et l'on vit le ciel se déchaîner. Tail transpirait énormément et il finit par perdre connaissance. Peu de temps après, Alexandra se leva.

— Tail ! Tail !

Elle ne comprenait pas ce qui s'était passé. Tail était allongé, inconscient. Tous avaient compris que Tail était entré en transes et Cat expliqua à

Alexandra qu'il avait perdu beaucoup de force afin de la sauver.

Plusieurs heures passèrent et comme Tail ne revenait toujours pas à lui, ils décidèrent de rester à cet endroit pour la nuit.

Cat était assise à côté de Tail lorsqu'il gémit son nom, puis demanda des nouvelles d'Alexandra. Elle le rassura.

— Repose-toi ! Elle va bien.

Tail n'avait pas la force de rester éveillé ; il se rendormit. Toute la nuit durant, chacun à son tour veilla sur Tail.

Aux premières lueurs du jour, Tail se réveilla. Il avait passé une nuit paisible. Alexandra lui sauta au cou pour l'embrasser.

— Tu es mon héros, Tail !

Tail lui sourit.

Peu à peu, la chronologie des évènements de la veille lui revint en mémoire dans leurs moindres détails, mais ce qu'il retenait surtout, c'était la puissance qui avait envahi son corps. Il se souvenait avoir parlé avec les dieux.

— Comment vas-tu ? lui demanda Cat.

— Bien. Un peu courbaturé, c'est tout.

— Tail, tu aurais dû te voir, tu avais l'air d'un somnambule, enchaîna Vic.

Tail regarda autour de lui et s'étonna de ne pas voir Joanya.

— Où est-elle ?

Elle apparut les bras chargés de fruits.

— Me voilà. Je suppose que vous avez faim ?

— Oh ! Où as-tu trouvé tout cela ? questionna Vic.

— Juste derrière ces arbres, répondit-elle avant de demander à Alexandra si son ami avait faim.

— C'est certain ! Tu sais, Curpy est peut-être petit, mais il est très spécial. C'est grâce à lui que j'ai pu traverser toutes ses épreuves avec le dragon à deux têtes.

— Que veux-tu dire ? Qu'il te tenait au chaud ? lui demanda Tail.

— Pas seulement ça. Il me disait qu'il resterait près de moi et qu'il me protègerait contre ce dragon. Et il a tenu sa promesse.

Tail fut surpris qu'Alexandra eut percé son secret.

— Tu veux dire qu'il te parlait dans tes rêves.

— Non, Tail. Il me parlait comme tu le fais en ce moment.

Vic regarda Tail et dit, péremptoire :

— C'est sûrement à causer de la fatigue.

Tail n'en revenait pas. Curpy lui avait-il divulgué ou non sa véritable identité ?

Alexandra, qui n'avait pas apprécié le commentaire de Vic, regarda Tail.

— Est-ce que tu me crois, Tail ?

— Oui, bien sûr ! Tu sais, Curpy est magique mais cela doit rester notre secret, lui chuchota-t-il à l'oreille.

Alexandra regarda Tail et lui fit un clin d'œil en signe de complicité.

Vic, qui ne croyait pas un mot de ce qu'Alexandra racontait, s'était éloigné. Il avait pris quelques fruits et se dirigea vers Cat. Elle n'avait pas l'air en forme.

— Est-ce que tu en veux ? proposa-t-il en lui présentant des fruits.

— Oui, merci.

— Tu sais, Cat, je te connais depuis toujours et je peux voir quand quelque chose ne va pas chez toi. Et aujourd'hui, c'est le cas.

— Je ne peux m'empêcher de penser à Harpie. Je sais bien que tout le monde y pense et que personne n'en parle, mais je me demande quand je vais revoir mon père...

Alexandra, qui avait entendu Cat, se rapprocha mais celle-ci s'arrêta de parler.

— Non, Cat, continue. Moi aussi je m'ennuie de ma mère et je veux en parler.

Pendant qu'ils dégustaient le petit-déjeuner que Joanya leur avait apporté, ils parlèrent du château d'Harpie. Tous étaient très inquiets sur ce qui pouvait s'y passer et ils se demandaient si Marcuse et des chevaliers étaient partis à leur recherche. Puis après avoir terminé de manger, Tail suggéra de lever le camp.

— Nous devons partir d'ici au plus vite afin de trouver le sorcier.

— Oui, ne perdons pas temps, approuva Cat.

Cette forêt est magnifique, se disait Tail. Mais pourquoi personne n'y vit ? se demanda-t-il.

Les heures passaient et toujours aucune trace du sorcier à l'horizon. Tail se demandait où il pouvait bien être, lorsque Alexandra l'interpella :

— Tail, toi qui as tant de pouvoir, tu devrais t'en servir pour le retrouver.

— J'aimerais que ce soit aussi facile que tu le dis. Moi aussi, je voudrais le retrouver, mais je n'arrive pas à voir où il se cache.

— Tu sais, je commence vraiment à être fatiguée de marcher.

— Si tu veux, je peux te porter et ainsi tu pourrais te reposer un peu. Qu'en penses-tu ?

Tail avait remarqué qu'elle avait ralenti le pas. Alexandra accepta sa proposition et comme elle ne pesait pas plus lourd qu'une petite plume, il ne la sentit même pas lorsqu'elle se hissa sur ses épaules.

— Hé! Regardez là-bas, un château! annonça Vic.

Un grand château rectangulaire de couleur beige se dressait devant eux. Il comptait trois étages et aucun mur d'enceinte ne le protégeait.

— C'est curieux, on dirait le château que les Maléfiens m'ont décrit, confia Joanya.

— Que veux-tu dire? lui demanda Cat en la regardant.

— Le château dans lequel ils auraient vécu.

— Regardez là-bas, on dirait qu'il y a des gens dans les champs, fit remarquer Cat.

Tous se retournèrent dans la direction qu'elle leur indiqua.

— Mais que font-ils? questionna Vic.

— Je crois qu'ils travaillent, répondit Alexandra.

— J'ai l'impression que ceux qui sont à cheval les surveillent.

— Oui, tu as raison, Vic. On dirait qu'ils sont surveillés comme s'ils étaient prisonniers, renchérit Cat.

— Mieux vaudrait alors être discrets, conseilla Tail.

Alexandra descendit des épaules de Tail et tous avancèrent prudemment.

En se rapprochant, ils virent que c'était bien des gens et qu'ils ressemblaient aux Maléfiens. Leur peau était identique à celle des personnes qui vivaient dans les cabanes perchées dans les arbres. Mais ils se rendirent compte qu'ils avaient tous une grosse chaîne. Pas de doute, ils étaient tous des prisonniers.

— Mais qu'est-ce que c'est que ça ? demanda Vic en leur désignant ce qui était assis sur le cheval.

— Whouah ! fit Alexandra.

— Ils n'ont qu'un œil, releva Cat.

Les choses qui étaient à cheval ne ressemblaient pas vraiment à des êtres humains. Elles n'avaient qu'un œil, leur tête était dépourvue de cheveux et elles avaient une grosse bosse sur le dos.

— On dirait des trolls mélangés à autre chose, suggéra Cat.

— Oui, on peut dire ça comme ça, répondit Vic.

Tail n'en revenait pas. Des trolls !

— Que fait-on ? enchaîna Vic.

— Je suis certaine que ce sorcier se trouve à l'intérieur de ce château, répondit Joanya.

— Mais où tous ces gens peuvent-ils dormir ? demanda Alexandra qui n'avait remarqué aucun abri, mis à part le château.

— Aucune idée. Leurs maisons sont peut-être derrière le château, avança Cat.

— Et comment fait-on pour entrer là-dedans? demanda Vic.

— Il n'y a qu'une seule façon d'y entrer, dit Tail.

— Ah, oui! Laquelle? poursuivit Vic.

— Voyons voir. Si nous allons à pied, nous n'avons aucune chance de pénétrer dans la forteresse avec ces monstres devant nous. Ils sont beaucoup trop nombreux. Par contre, si nous y allions en volant, ils n'auraient aucune chance de nous attraper.

— Oui, c'est vrai, approuva Vic.

— Tu as raison, Tail, mais si tu appelles les dragons, ils n'auront même pas le temps d'arriver que nous serons faits prisonniers, parce que les monstres t'auront entendu, lui fit remarquer Joanya.

— Qui te dit que tu m'entendras les appeler? Qui te dit qu'ils ne sont pas déjà en route? lui répondit-il avec un sourire.

— Mais ils sont énormes, ils les verront immédiatement, ajouta Alexandra.

— Regardez! proposa Tail en se retournant.

Tous l'imitèrent. Derrière eux, à quelques pas, les trois dragons et l'oiseau de Vic les regardaient.

— Comment as-tu fait ? demanda Vic, heureux de revoir Violetasse.

Cat comprit que Tail avait de plus en plus confiance en lui et en ses pouvoirs, qu'il n'hésitait plus à les utiliser.

— Je leur ai simplement demandé de venir nous rejoindre.

Après avoir retrouvé leurs amis, ils planifièrent leur attaque. Tail examina toutes les possibilités jusqu'à ce que tous partagent le même point de vue. Ils approuvèrent le choix de Cat d'attaquer le château durant la nuit. En attendant, ils passeraient le reste de la journée à se reposer. Tous étaient près de leur animal et comme Vic, qui s'était endormi contre Violetasse, ils sombrèrent dans le sommeil.

C'est Tail qui les réveilla. Il faisait nuit noire et il était temps d'agir.

Sans faire le moindre bruit, ils embarquèrent sur leur animal, Alexandra s'asseyant avec Tail sur Carnastare. Ils s'envolèrent en direction du château. Ils passèrent tranquillement au-dessus, afin de s'assurer que tous ses occupants étaient bien endormis, puis Tail fit signe qu'ils pouvaient atterrir. Dès qu'ils eurent mis pied à terre, Tail demanda aux trois dragons et à l'oiseau de repartir pour ne pas se faire voir. Ils s'exécutèrent immédiatement.

— Comment se fait-il qu'il n'y ait personne ? Tu disais qu'ils savaient que nous étions ici, demanda Vic à Joanya.

— Je ne sais pas, Vic, je me suis peut-être trompée.

— Tu plaisantes ! Tu as dit qu'il était un grand sorcier et, si c'est vraiment lui qui a fait tout cela, alors tu sais très bien qu'il savait que nous étions ici, renchérit Cat.

Joanya explique à Cat qu'elle avait entièrement raison, mais qu'elle avait dit cela pour ne pas énerver Vic. Elle le connaissait à peine, mais elle avait vite compris que Vic paniquait pour un rien. C'était plutôt gênant, alors qu'il fallait au contraire rester calme et être aux aguets. Cat approuva les propos de Joanya.

Ils sortirent leurs épées et se préparaient au pire mais à ce moment Tail leur dit :

— Attendez ! Il n'est pas ici, ce n'est pas son château. Nous sommes devant la prison des Maléfiens, nous devons immédiatement quitter ces lieux. C'est une embuscade. Si nous entrons là-dedans, nous ne pourrons plus en sortir.

— Que veux-tu dire ? demanda Cat.

— Que tu peux seulement entrer dans ce château, mais que tu ne peux pas en ressortir. Que le château du sorcier est plus loin. Ici, ce n'est qu'une prison et ce fou n'est pas si fou que ça. Il savait que si quelqu'un tentait quelque chose, il attaquerait ce château et comme personne ne pouvait se douter que cet endroït soit habité de Maléfiens…

Tail cessa de parler. Il imagina une scène atroce où les Maléfiens étaient attaqués par erreur.

— Mais comment sais-tu tout ça ?

— Vic, je sais juste que dans cette bâtisse, il n'y a que des Maléfiens.

— Alors, allons les délivrer, annonça Joanya.

— Non, pas tout de suite. Écoutez-moi. Je vous assure que si nous rentrons là-dedans, nous ne pourrons plus en ressortir, c'est ainsi. Nous devons d'abord attraper ce sorcier fou.

— Mais où est-il ? demanda Alexandra.

Tail se retourna et se dirigea vers un mur. Il l'escalada et vit un immense château gris.

— Le voici, dit-il pendant que ses amis grimpaient pour le rejoindre.

— Voyons, ni ce mur ni ce château n'étaient là lorsque nous sommes arrivés ! Je ne suis pas fou, quand même ! commenta Vic.

— Détrompe-toi, Vic, ils étaient là. Mais c'est comme si quelque chose les cachait de notre vue.

— Tail, regarde ! intima Alexandra.

Une dizaine de gardes à cheval se dirigeaient vers eux.

— Vite, il faut descendre, dit Cat.

À peine avaient-ils regagné le sol, que les choses se gâtèrent. Impossible de fuir, les gardes les encerclaient et ils avaient une idée fixe : tuer ces intrus, comme le sorcier le leur avait demandé.

— Qu'ils sont laids ! Les avez-vous bien regardés ? demanda Vic avec une moue de dégoût.

De la taille d'un géant, avec œil en plein milieu du visage, une peau toute ratatinée, trois doigts à chaque main prolongés de vilains ongles sales et une grosse bosse dans le dos, ils étaient non seulement affreux, mais aussi très impressionnants… parce qu'ils étaient lourdement armés ! Des arbalètes, des haches, des massues, des lances, des glaives, rien ne manquait à leur attirail pour livrer combat.

On les entendait se rapprocher en baragouinant des mots incompréhensibles, comme s'ils n'avaient ni langue ni dents pour articuler.

Tail et les siens les attendaient de pied ferme, les armes à la main.

Les gardes se ruèrent vers eux en les frappant de toute leur force, mais en vain. Ils se regroupèrent puis revinrent à la charge de plus belle. À toute allure, l'un d'eux fonça sur Tail, qui évita le coup de justesse en se penchant. Cat, qui était de l'autre côté, pivota sur elle-même, prit son élan et, d'un coup de gourdin bien asséné, le tua net.

L'un de ses fous, qui avait vu Cat tuer son ami, se précipita sur elle. Elle ne le vit pas venir, car elle lui tournait le dos. C'est Joanya qui lui sauva la vie en tuant son assaillant.

À force de livrer bataille, ils réussirent à éliminer huit des dix gardes. Les deux qui restaient décidèrent de rebrousser chemin pour retourner vers leur maître.

— Tout le monde est sain et sauf ? demanda Tail, une fois le terrain libre et après s'être assuré que les corps à terre n'étaient pas prêts de se relever.

Les « oui » fusèrent, à l'exception d'Alexandra qui ne répondit pas. Tail s'approcha d'elle ; elle avait la tête baissée et se tenait le bras.

— Alexandra, est-ce que tu vas bien ?

Alexandra avait reçu un coup en pleine figure. Son visage était en sang et elle avait une blessure au bras. Elle le regarda tranquillement et dit :

— Ça va, Tail. C'est un peu douloureux.

Tail s'agenouilla et sortit des potions de son sac. Il prit la plus petite bouteille, versa quelques gouttes d'un liquide translucide sur un chiffon, puis banda le bras d'Alexandra. Il prit ensuite une pommade qu'il lui étala sur le visage.

— Ton bras est cassé, alors tu ne dois plus te battre. Tu as compris? lui dit Tail sur un ton sévère, car il ne voulait plus qu'il lui arrive quoi que ce soit.

— Oui, oui, c'est d'accord.

Tail était très fâché. Il ne comprenait pas comment on pouvait s'attaquer à une petite fille. Il se releva, regarda ses amis et leur dit :

— Allez, qu'on en finisse. J'en ai assez de tout ça.

Tous se dirigèrent vers le château du fameux sorcier. La colère avait envahi Tail et rien ne l'arrêta; il tua tous ceux qui se trouvaient sur son passage et ses amis qui le suivaient, firent de même.

Pendant qu'il se battait avec un garde, Tail remarqua que le sorcier l'observait depuis le perron du château.

On distinguait à peine son visage. Il portait une grande cape noire qui le recouvrait de la tête au pied. Un instant, Tail se demanda à quoi il pouvait ressembler. Mais il se rappela bien vite pourquoi il était ici et acheva d'un coup d'épée son assaillant. Puis, discrètement, il prit sa dague et, de toutes ses forces, la lança vers le sorcier, le visant droit au cœur.

Pendant qu'il avait les yeux braqués sur le sorcier, il ne remarqua pas qu'il était devenu la cible d'un autre garde qui, armé d'une arbalète, lui avait décoché une flèche. Pour éviter qu'elle n'atteigne Tail, Joanya se jeta devant lui et reçut le dard en plein cœur. Au même instant, le sorcier s'écroulait, raide mort. Les derniers gardes s'enfuirent alors en courant.

— Non, Joanya! hurlait Alexandra qui s'était précipitée vers la jeune fille qui gisait sur le sol.

Cat et Vic, qui étaient sérieusement blessés, s'approchèrent de Joanya péniblement. Elle respirait avec beaucoup de difficulté. Tail était agenouillé à ses côtés, le cœur brisé de la voir mourir ainsi pour lui avoir sauvé la vie.

Elle parvint à lui dire avec peine :

— Tail, je suis tellement heureuse de t'avoir rencontré. Tu m'as apporté un grand bonheur en peu de temps. Jamais, je n'aur…

Elle ne put finir sa phrase. Elle ferma les yeux et plus un souffle ne sortit de sa bouche. D'un bond, Alexandra se leva et frappa Tail en lui criant :

— Sauve-là! Tu as compris, sauve-là! et elle éclata en pleurs.

— Je ne peux pas.

— Si, tu peux, tu es l'élu. Alors sauve-là!

Alexandra n'arrêtait pas de le frapper, mais Tail ne pouvait sauver Joanya car elle avait donné sa vie en échange de celle de Tail.

Cat prit Alexandra dans ses bras pour la consoler et lui expliquer pourquoi Tail ne pouvait ramener Joanya à la vie.

Jamais de sa vie, Tail ne pourrait oublier qu'elle avait sacrifié la sienne pour lui. Il était là, à la regarder étendue, repensant à la promesse qu'il lui avait faite et qu'il n'avait pas tenue. « Comment ai-je pu être aussi naïf en croyant que tout serait facile, comment ? » se disait-il en pleurant à chaudes larmes.

VIC, QUI NE POUVAIT SUPPORTER la scène, décida d'aller libérer les Maléfiens. Quelques instants plus tard, il revenait avec eux. Tous avançaient dans le plus grand des silences et s'approchèrent de Joanya. Après avoir prononcé une prière, quelques-uns s'éloignèrent pour couper de petits arbres, puis les attacher ensemble. Ils déposèrent délicatement le corps de Joanya sur ce lit improvisé pour la ramener dans leur monde. Sans un mot, tous rebroussèrent chemin en direction de Maléfia.

Ils traversèrent la caverne. De l'autre côté, tous les amis de Joanya les attendaient. Ils savaient qu'un malheur était advenu. Là où tous auraient dû être transportés de joie régnait une grande tristesse. Les Maléfiens étaient en deuil; ils avaient perdu une grande âme.

La cérémonie en l'honneur de Joanya dura

toute la nuit. Le lendemain, lorsque Tail, Cat, Vic et Alexandra se levèrent, la journée était déjà bien avancée. L'un des Maléfiens s'approcha d'eux pour les remercier de les avoir sauvés. Il était temps pour eux de retourner à Harpie, maintenant que la forêt ne présentait plus de danger. Après s'être une dernière fois recueillis devant la dépouille de Joanya et avoir salué les Maléfiens, ils rejoignirent leurs chevaux, puis partirent vers le château.

Personne ne dit mot du reste de la journée. Ils ne parvenaient pas à comprendre ce qui était arrivé. À la nuit tombée, Vic se manifesta :

— Je sens que quelque chose m'observe.

— Arrête, Vic, il n'y a plus rien de nuisible dans cette forêt, maintenant.

— Non, Tail, je t'assure que quelque chose m'observe.

Tail se retourna pour regarder Vic ; un immense halo de lumière descendit du ciel et illumina la forêt. On vit briller dans le ciel l'âme de Joanya qui était accompagnée de sa mère.

— Joanya ! fit Alexandra.

— Oui, Alexandra, c'est bien moi ! Je ne veux pas que vous soyez malheureux, vous me faites énormément de peine. Je veux que vous repreniez votre sourire. Regardez-moi, je suis enfin avec ma mère.

— Mais nous ne te reverrons jamais plus! lui dit Cat.

— Détrompe-toi, Cat, je serai toujours là pour vous. Peut-être plus à vos côtés mais je serai toujours là. Tail, regarde-moi, s'il te plaît!

Tail, qui avait baissé la tête pour cacher sa peine, leva les yeux vers elle.

— Tu n'es absolument pas responsable de ma mort. C'est moi qui en ai décidé ainsi. Tu n'y peux rien et tu n'aurais rien pu faire pour me ramener à la vie. Tu es un ange, Tail, et j'ai été choyée de t'avoir rencontré, tu es une personne formidable. Tu as un cœur en or et je serai toujours là pour toi, ajouta-t-elle en lui faisant un magnifique sourire.

Tail ne put retenir ses larmes. Jamais personne ne lui avait dit d'aussi belles choses depuis très longtemps. Elle reprit :

— Maintenant, vous devez retourner au château; certaines personnes vous y attendent impatiemment. Et ne soyez plus inquiets pour moi, je suis près de ma mère. Je dois repartir, mais rappelez-vous, je serai toujours là pour vous.

Et elle disparut.

Tous se regardaient ; eux aussi avaient hâte de retrouver leurs proches. Ils étaient contents d'avoir vu Joanya. Ils savaient qu'elle n'était plus seule et que, malgré tout, elle était heureuse. Ils reprirent leur route et c'est Alexandra qui entama la conversation.

— Tail ! Je suis désolée pour hier.

Elle faisait référence aux coups qu'elle lui avait administrés.

— Ne t'en fais pas.

Ils continuèrent à avancer dans la forêt qui était redevenue splendide grâce à eux.

— Regardez, c'est la rivière ! Cela veut dire que nous sommes presque arrivés, signala Vic.

Cette remarque eut le don de les exciter et c'est au grand galop qu'ils la traversèrent. L'eau était glaciale et ils étaient trempés de la tête au pied, mais cela ne les dérangeait guère : plus rien ne les arrêterait désormais.

De très loin, quelques gardes du château les aperçurent ; ils firent immédiatement sonner leurs trompettes et, doucement, le pont-levis fut baisser. À l'intérieur du château, tout le monde était en émoi.

Marcuse fut le premier à se précipiter à leur rencontre. Au premier regard, on voyait bien qu'il n'avait pas dormi depuis plusieurs jours. Il était accompagné d'Isabella, qui criait :

— Alexandra ! Alexandra ! Ma chérie !

En voyant le visage de sa fille couvert de bleus et d'égratignures et son bras en écharpe, Isabella éclatat en sanglots. Elle comprit qu'Alexandra avait subi bien des tourments.

Très vite, tous les habitants du château se pressèrent d'aller accueillir Tail et ses amis. Les acclamations et les questions fusaient de toutes parts.

Macmaster, qui avait relevé sa cape et la tenait d'une main pour ne pas trébucher en courant et qui, de l'autre, serrait son chapeau, se précipita vers le petit groupe.

Tail remit Alexandra dans les bras de Marcuse et, d'un bond, descendit du cheval pour sauter au cou de Macmaster. Dieu qu'il était content de le revoir !

— Vous m'avez tellement manqué, Macmaster !

— Oh ! Toi aussi, Tail !

Macmaster était heureux de retrouver Tail bien vivant. On vit Normandin et Leonardo Bastonière les rejoindre, ravis eux aussi de retrouver leurs enfants, Cat et Vic.

— Vous savez, Macmaster, je suis terriblement fatigué.

— Viens avec moi, Tail, tu as sûrement besoin d'un bain pour commencer. Après, tu mangeras un vrai repas, puis tu iras dormir. Plusieurs jours, s'il le faut!

Tail éclata de rire; c'est vrai, tous avaient besoin d'un bain, tant ils étaient crottés de la tête au pied!

Marcuse, qui tenait la petite Alexandra dans ses bras, expliqua à tous qu'il était temps de rentrer, car leurs héros avaient besoin de se reposer et de se faire soigner. Personne ne put savoir ce qui s'était passé, mais tous comprirent très bien que cela n'avait pas été facile. Ils respectèrent la demande de Marcuse et chacun retourna chez soi.

Tail suivit Macmaster dans ses appartements et s'assit sur un banc.

— Je reviens, je te fais couler un bon bain bien chaud.

Mais Tail n'enttendit pas l'eau couler; il s'endormit immédiatement et se réveilla… le lendemain après-midi! Lorsqu'il ouvrit les yeux, il était dans un lit, Macmaster assis à ses côtés qui le regardait.

— Bonjour ! Vous êtes assis depuis longtemps ?

Macmaster lui sourit, mais c'est la voix de Barnadine qu'il entendit :

— Depuis longtemps, tu dis ? Il est là depuis hier à te surveiller.

— Bienvenue chez toi, Tail !

— Merci, Macmaster !

Barnadine vint s'asseoir près de Macmaster pour mieux entendre tous les détails de l'aventure que Tail et ses amis avaient vécue et qu'il s'apprêtait à leur raconter.

— Alors, quand tu seras prêt à nous expliquer ce qui s'est passé, nous serons prêts à t'écouter et, nous aussi, nous avons quelque chose de très important à te dire, annonça Barnadine.

— Barnadine ! Ça suffit ! fit Macmaster sur un ton très sérieux.

— Très bien, tu nous parleras quand bon te semblera ! Mais, j'y pense, tu dois avoir faim ?

— Que voulez-vous me dire ? demanda Tail en se relevant. Et où est Extarnabie ?

À suivre…

Ne manquez pas la suite de l'histoire ! Car il y a encore un épisode !